玩具《おもちゃ》の言い分

朝倉かすみ

祥伝社文庫

もくじ

グラン・トゥーリズモ　5
誦文日和《ずもんびより》　45
寄り目インコズ　85
小包どろぼう　127
孑孑踊《ぼうふらおどり》　167
努力型サロン　205
解説　三浦天紗子《みうらあさこ》　242

グラン・トゥーリズモ

1

こんな女になるとは思わなかった。そのあたりで相葉《あいば》万佐子《まさこ》は手を打とうとした。よい落としどころだった。

仕方ないというムードがある。自分のせいにも他人のせいにもならない。星回りとか世の趨勢《すうせい》とか諸般の事情はなしにして、ただ、こんな女に仕上がったと、そういうことに万佐子はしたかった。苦笑いのひとつも頰《ほお》に張り付けてやれば、シニックである。

そう考えて、胴回りをちょっと気にした。シニックをやるには肉が付きすぎている。背丈も足りない感じがした。ある程度のたっぱがないと説得力が出ない気がする。丸顔だし、と、頰をつまむ。頭頂部に手をやり、鉢《はち》、ひらいてるし、とつづけたら失笑が漏《も》れた。

お腹の底から、なにかが喉《のど》まで駆《か》け上がってくる。さむざむしさとでもいいたいような、実体のないものだった。そもそもシニックの柄《がら》じゃないと独白する。こんなもっさりしたシニックがいるってか。

　苦笑いにせよ、失笑にせよ、笑う対象は自分自身だ。万佐子は自分を笑い飛ばしたかった。手酷《てひど》くやっつけなければ、なんだか、いたたまれない。そんな気分だった。いまごろみんなが笑っているだろう「アイバさん」を一緒になって笑ってしまえ。

　細道を歩いていた。コーポの少し手前でタクシーを降りた。午前零《れい》時を回っている。忘年会の帰りだった。十二月二十一日。

　万佐子はあれこれ考えている。忘年会のひとり反省会といってもいい。本日、もっとも痛かったのが、課長の軽いセクハラに乗ってしまったことだった。

　唇をタコみたいに突きだして、チューしていい？　と迫る課長に、またにしてね、と切り返したシーンを思い起こせば、顔が熱くなる。適当にあしらう科白《せりふ》ならいくらでもあるはずなのに、よりによって、しもねたで返すとは（反省点その一）。

　なのに、いった途端に、ぷぷうっと噴《ふ》き出してしまった。うまい冗談を口にしたと思い込んでいたし、課長と当意即妙《とういそくみょう》のやりとりをしているつもりでいた（反省点その二）。

　まるで忘年会をしんからエンジョイしているようで（反省点その二）、それしか愉《たの》しみがないようで（反省点その四）、糖尿の気がある、絵に描いたようなおっさんの課長にでもチューしていい? と訊《き》かれたら嬉しくってならなかったみたいではないか(反省点その五)。

調理器具のメーカーの課内忘年会である。入社二年目の男子社員が幹事となり、蕎麦《そば》屋兼居酒屋といったふうの店を見つけてきた。二十人弱がそれぞれ移動を始め、若手は若手、ベテランはベテランと分かれつつあった。

そのどちらのかたまりからもわずかに距離を置いたところに、宴会スタート時から席を変えない課長と万佐子がいたのだった。

さぞ、盛り上がっているように見えただろう(反省点その六)。課長は、薄い頭髪をべったりと撫《な》で付けた頭を振りながら、真っ赤にふくらんだ顔でにやけていたし、万佐子だって相当顔を赤くして、つい膝《ひざ》をくずし、けたたましく笑っていたのだ。

途方に暮れたような周囲の雰囲気には気づいていた。それでもばか笑いを止めることができなかった。止めるきっかけを見失い、甲高い笑い声を長く伸ばすことになる(反省点その七)。以前ならばそんなとき、アイバさんが壊れたと若い子たちに大いに囃《はや》し立てられたものなのに、声をかけてくる者はだれもいなかった。

いまにして思えば、囃し立てられているうちが華だったのだ。

どうしちゃったんですかと半笑いで困惑される時代を経《へ》て、気の毒そうに見守られるようになってわりと久しい。

……早かったなあ、と唇を動かした。

三十八歳、と、スイカの種を飛ばすように吐き出してみる。

自分がそんな歳になるなんて思わなかった。あと二年で介護保険料を給与から引かれるようになるんだなあ。

真夜中の空を仰《あお》いだら、来《こ》し方行《かたゆ》く末《すえ》感が募《つの》ってきた。おとうさん、おかあさん、雪のない冬の寒さは、意地のわるいような寒さです。ふと、ふるさとの両親に丁寧な字で手紙を書きたくなった。いまのコーポに引っ越してからだから、ふるさとには、六年、帰っていない。同窓会の通知が来なくなったのもそのころだ。

北海道の東のほうの小さなまちから東京にでて来てもう二十年だ。故郷の友だちのあいだでは、行方知れずになっているかもしれない。同窓会のたびごとに更新される住所録は出席簿順に氏名が並んでいる。女子一番の相葉万佐子の升目《ますめ》はきっと空白になっているだろう。

鼻の奥がむず痒《がゆ》くなった。鼻炎持ちのようにせわしく鼻を啜《すす》り上げたら、冷たい外気が入り込んだ。斉野政近《さいのまさちか》のことを少し思った。丘の上の建物へとつづくS字カーブの坂道が目の裏を過ぎて行ったら、いい年をして泣きたくなった。

たかだか課内の忘年会に参加するだけなのに、身なりを少々がんばりすぎた（反省点その八）。胸にぶら下げたエメラルドのペンダントはタイで買ったものである。海外旅行はそれ一度きりだし、持っている宝石もそれひとつきりだったから、是非、身に付けたかった（反省点その九）。

こんな女になるとは思わなかった。

ほんとうに、思っていなかった。

2

内階段を三階まで昇って行った。

鍵穴に鍵を差し込み、ドアを開ける。

よごれたコンバースが目に入った。小動物ならお産をできそうなほど大きな靴のサイズは二十八センチ。廊下からホップ、ステップ、ジャンプで部屋に上がったように狭い玄関に脱ぎ散らかされている。

よっこいしょと屈《かが》み込み、万佐子はよごれたコンバースを揃《そろ》えた。今日は早番だったのか、と首を伸ばして、なかをのぞいた。

大足が見える。素足である。膝下しか見えないが、腹這《はらば》いになっている模様だ。皮をむしったあとのある踵《かかと》を、ハロゲンヒーターであぶっている。

かすかな笑みを頬に浮かべて、万佐子は低い框《かまち》に腰を下ろした。ロングブーツを引っこ抜くようにして脱ぐ。コートも脱いで、通販で購入したポールハンガーに掛けた。

二LDKのメインの「L」に入り、渡部《わたべ》を見下ろす。

カーペットに長《なが》まっている渡部は、しみじみと巨大だ。

縦はともかく、厚みもある。肥満体ではない。いわゆる、がたいがいいというからだつきをしている。たまにジョギングすることがあった。ねずみ色のパーカのフードを目深《まぶか》にかぶり、出かける前からロッキーになりきるような、そんな男だ。

「おかえり、万佐子ちゃん」

上半身をねじって、渡部がいった。ちょっと顎《あご》をひいて万佐子の全身をながめ、素敵だね、とつづける。

「どこが?」

「いや、その、全体的に?」

ふん。万佐子は鼻を鳴らした。渡部にファッションのなんたるかなど分かるわけがない。そりゃわたしだって流行に通じているわけじゃないけど、と、カーテンを引く振りをして、自分のすがたを窓ガラスで確認した。

「やっぱり、若づくりしすぎだよね」

フリルなんてさ。振り向いて、手首をぶらぶらさせる。渡部にカフスを見せつけるようにした。スカートの下にズボン穿《は》いたりとか。パンツの生地をつまんでみせたりした。

「それも、こーんな、股引《ももひき》みたいに細いやつだ」

痛いったらないよ。肩をすくめる。

「どうして？」

素敵じゃん。渡部は太い首をひねり、素敵だと思うけどなあ、と元の姿勢に直った。家電量販店を回って手に入れたカタログに目を落とす。地デジ対応のテレビの購入を検討しているのだ。

「それに、このネックレスだよ？」

万佐子は渡部の頭のそばに膝をついて、ペンダントトップを押し付けるようにして見せた。金色で縁取《ふちど》られた楕円形《だえん》。みどり色で、つるりとしているから、まりも羊羹《ようかん》みたいだ。

「万佐子ちゃんの大事にしてるやつだね」

おもてを上げた渡部の豆粒みたいな目といきあうと、うん、というしかないような気がする。

顎鬚《ひげ》をたくわえているものの、渡部は時折赤児《あかご》のように見える。巷間《こうかん》いわれる、少年のような、というのではない。むしろじいさんに近い。一遍、年をとってから童《わらべ》に戻ったような感じである。

万佐子より二歳年長だから、四十歳だ。童に戻ったじいさんなら、言葉のはしばしに人生の道のりめいたものを匂わせるのだろうが、渡部にはそれがない。襞《ひだ》も折り返しもない笑顔を四角い顔いっぱいにひろげて機嫌よくしている。

近所のお好み焼き屋で店長をしている。知り合ったときにはバイトだった。本職は役者だったのだ。なんとかという小劇団の団員で、芝居をやっていた。

夕飯代わりにお好み焼きをたべに行っていた万佐子は、かれと自然と口をきくようになった。公演の際にはチケットを買うようにもなった。買ったのだから、観に行った。椅子席のときもあれば、靴を脱いでゴザのような敷物に座る席のときもあった。いずれにしても、しけた小屋だった。

そこで渡部は筋のない芝居を熱演していた。申し訳ないが、退屈だった。深刻なのか、軽薄なのか、意味があるのか、ないのか、万佐子にはさっぱり分からなかった。渡部は大抵ちょい役だった。「いい役」にあたったことは一度しかない。どのへんが「いい役」なのか、万佐子には量りかねたが、渡部は気に入っていたようだった。

劇団を辞めたのは、それからすぐだった気がする。お好み焼き屋はチェーン店だ。正社員にならないかと本部のひとに声を掛けられたのだった。

まーいつまでも夢をみちゃいられないし、というようなことをいっていた。完全燃焼しましたというふうではなさそうだった。こちらがいくら「やるだけのことはやった」と思っても、それって要は自己満だし、とどこを見ているのか分からない目で呟《つぶや》いた。案外淡々としたものだった。渡部は、その大きなからだに、いろんなものを詰め込んで、ぎゅっと蓋《ふた》を閉めた旅行鞄のように、口をつぐんでいるという感じだった。

深くなったのはそのころだった。

万佐子がいまのコーポに引っ越してから七、八か月も経《た》ったころだ。ひと回りも年下の新入社員と味気ない別れ方をしてからも七、八か月経っていた。男と別れるたびに、万佐子は鬼門を避けるみたいに引っ越していた。四度目の転居だった。

渡部が店長になったときには、かれの太い腕によるやや高めの枕に万佐子はすっかり慣れていた。一緒に暮らすまで、そんなに時間はかからなかった。

渡部が共棲していた劇団時代からの友人が忽然《こつぜん》とすがたを消したという事情もあった。その「友人」の性別を万佐子は知らない。訊いたこともない。訊くまでもないこと、という顔をいまもしている。

これでも聞き分けはいいほうだ。自分にとって面白くない答えが返ってきても、ふうん、とうなずくことくらいできる。だから、わざわざ確かめる必要などなかった。

じき四年になる渡部との暮らしで、スリリングな会話は一度しかない。

ふたりで初めて迎える年末年始の休暇の前に、万佐子は渡部に、こう、持ちかけた。

「うちにあそびにこない？」

渡部は長野の出身だ。三人兄弟の末っ子で、上ふたりは長野で堅い仕事に就《つ》いているらしい。北海道には行ったことがないといっていた。

「近くに温泉もあるし」

真冬でも露天風呂をやっているんだよ。寒いんだか、あったかいんだか。万佐子はごく軽い調子で渡部を誘った。

「スキー場もあるんだ」

流氷に的《まと》を絞《しぼ》った博物館もあってね。クリオネなんかもいるよ、といっているうちに、掻《か》き口説《くど》くというようすになっていった。うわ、痛い、と、頭の片隅で思った。必死な三十四歳、待ったなしって感じですか。胸のうちで浅く笑った。渡部も笑った。劇団仕込みの腹式呼吸。

「……革靴、持ってないしなあ」

と、ぽつんといった。古着屋で買った一張羅《いっちょうら》はあるんだけどなあ。

月に一度切ってやっている、渡部の硬い癖毛《くせげ》を触りながら、万佐子は、細道を歩いて来たことを話した。メーターが上がる前にタクシーを降りた話だ。

「駄目だよ、万佐子ちゃん」

思った通り、渡部は少し怒った。腹這いをよして、正座になる。万佐子と向き合い、

「夜道のひとり歩きは危険だよ」

と、無事に帰ってきたのに心配する。

「だーいじょうぶだって」

万佐子は顔の前で大きく手を振った。

「襲われないって」

財布のなかにだって六千円しか入ってないし、と豪快に笑ってみせた。盗られたってたかが知れてるって。ていうか、盗られて困るようなものなんてなんもないって。渡部を横目でちらと見た。

でも、といわれるのを期待している。もっと、も少し、心配されたい。たかだか課内の

忘年会でもつけていきたいエメラルドのように。でも、大事だから、大事に思ってるから、みたいな、なんか、そういう、いうよりいわれたほうが気恥ずかしくてならないような甘い文句を渡部の口から聞き出して、なにいってんの、としかめっ面をしてみたかった。

だが、渡部は、今度から気をつけてねーといったきりだった。そのもじゃもじゃ頭を万佐子は軽くはたいた。なんだよう、という渡部に、酒くさい息を吐きかける。なーにがなんだよう、だ。勢いをつけて立ち上がったら、くらっとした。ひと回りした天井が斜めに見える。ふぃーっと酔っぱらい特有の息をつく。ひらいた指で頭皮を揉みながら、洗面所まで行った。

化粧が落ちて、まだらに赤い顔をしている女を上目遣いで見ながら、歯ブラシを口に入れる。奥歯から磨《みが》いていったら、しゃっくりが出た。ひっきりなしにつづき、吐き気が込み上げて来る。歯ブラシを洗面台に置いて、手洗いに駆け込んだ。便器を抱えるようにして、嘔吐《おうと》する。

ビール大瓶三本。焼酎のお湯割り二杯。日本酒もいくらか呑んだ。しかし、酔いはさほど深くなかった。むしろ、吐き戻しているいまのほうが「まわって」いる感じがする。頭のしんが痺《しび》れて、そして、真っ暗になる。ぐらんぐらんと狭い手洗いが揺れているようである。

手の甲で汚れた口元をぬぐって、水を流した。まだ吐けるな、と思ったら、惨《みじ》めになった。薄笑いが頬に浮かぶ。吐くまで呑むんじゃねえよ、とも、どうせならぶっ倒れるくらいまで呑めばよかった、とも、考えた。吐き気の波がまた上がってきて、喉が切れそうなほど、げえっとやった。涙が滲《にじ》んだ。ひどく生理的な涙だった。コーポに帰ってくる前に、泣きたくなったのと質がちがう。

「万佐子ちゃん、大丈夫?」

背なか、さすろうか。渡部が三助《さんすけ》みたいなことをいった。生理的ではないほうの涙が出そうになる。

万佐子ちゃんなんて呼ぶなよ。ちゃん付けは痛いって、とひたいを擦《こす》り上げたら、丘の上の建物が万佐子の胸をよぎった。

斉野政近の自転車の後ろに乗って、S字カーブを辿《たど》って通った、白い建物。行きの登り坂では、斉野政近は立ち漕《こ》ぎをした。帰りの下り坂では、ブレーキをかけながら降りて行った。そうしてわたしは、と、万佐子は思った。斉野政近にしがみつき、北海道の東のほうの小さなまちに沈む夕日をからだいっぱいに浴びていた。

グラン・トゥーリズモ。大旅行というイタリア語の名を冠した白い建物はラブホテル。

月に二度、斉野政近とそこで過ごした。

3

斉野政近とは高一のとき、同じクラスだった。中学校は別だった。斉野政近は、わりに髪が長かった。耳までかぶさっていて、しばしば頭髪検査に引っかかった。恰好をつけているわけではなさそうだった。不良をやっているふうでもなく、単に無精《ぶしょう》という印象を万佐子は受けた。無頓着《むとんちゃく》といってもいい。斉野政近は見た目にちっとも構わなかった。おかあさんの買ってきたものをそのまま身に付けているという感じだった。

鼻の横に色の薄いホクロがひとつある。ちょっと盛り上がっていて、疣《いぼ》のようだった。いつも顎を少し上げて、前のほうを見ていた。夏の斉野政近は汗をかいても、涼しそうにしていた。冬は頰と鼻の頭が赤くなった。それでも、寒そうには見えなかった。かれは気温にも無頓着なふうをしていた。

登下校の挨拶くらいしか、言葉を交わしたことがなかった。日直も一緒にやったことがない。なんとなく気になるようになったのは、二年生になって、クラスが離れたときだった。

教室を見渡して、あれ、斉野がいない、と万佐子は思った。指のまたにピンポン玉みたいなものを出したり消したりする手品がある。あんなふうに、目の前で不思議なことが起こったように、思った。

下校時間に、玄関で顔を合わせた。斉野政近は靴箱からスニーカーを出していた。細い首にバイバイと声を掛けたら、おう、と振り向いた。ばふっとスニーカーを投げ置いて、足を入れ、うつむいて、つま先で床を打ちながら、呼び掛けた。相葉。

「新しいクラス、どう？」

「斉野がいないよ」

少し間をおき、万佐子が答えたら、斉野政近がゆっくりと顔を上げた。かれの顔立ちは、万佐子が持っている雛人形の五人囃子《ばやし》の横笛係に似ていた。小筆ですうっと引いたような眉を上げ、一重まぶたのやや細い目で、斉野政近は万佐子を真正面から見る。

見るという行為に、意味が加わったような気が万佐子にはした。斉野政近の視線の指し示すところが伝わってくる。かすかにうなずいた。斉野政近もゆるくうなずく。鼻の横のホクロをひと差し指で擦ってから、

「おれのクラスにもいないんだな」

といった。だれが？ と訊いたが、答えなかった。

一緒に下校した。そのときには、もう、諦めたような心持ちに万佐子はなっていた。あ、あ、と、滑《すべ》り落ちる感覚だった。草のはえたなだらかな斜面を、お尻に段ボールを敷《し》いて、滑っていく感じがした。

身上調査みたいな、音楽雑誌におけるアーティストへのインタビューのような会話をした。わりと熱心に互いのことを根掘り葉掘り訊き合ったのに、どこか上の空のような気配があった。訊き直したり、訊き返されたりした。いずれの際にも、両者とも、合間合間に照れ笑いを挟み込んだ。遅々《ちち》としてすすまぬ会話。通学路のなんて短いこと。

そのとき集めた斉野政近に関する些細《ささい》な情報のかずかずを万佐子はほとんど覚えていない。

コーラはペプシ派、とか、好きな偉人はキング牧師、とか、ほんのぱっちりしか記憶に残っていない。どっさりと残っているのは、傾くという感触だった。心がからだを引っ張っていくようだった。

間もなく、口づけをかわした。頰でもひたいでもなく、最初から唇だった。そこを合わせたくてならなくなった。

その手の行為をおこなう場所が、小さなまちにはいくつかあった。おもに不良の縄張りだった。たまに不良以外の学生がやってきて始めることがあるらしかった。そしたら不良がどこからともなく現れて、生意気をやるなと懲《こ》らしめるという噂だった。恐喝なども横行しているようだった。

万佐子と斉野政近はよい場所を見つけた。午後六時で終了する路線バスの停留所にこしらえられた待合所を利用することにしたのだ。窓も戸もない簡素なつくりの小屋だった。でも、ベンチがあった。ひとけもなかった。

六時まで、付近の河原で時間をつぶす。話は弾《はず》まなかった。背の低い夏草の上に腰を下ろして、授業のこと、教師のこと、同級生のことなどを点線みたいに話した。

草のしるが制服に付くので、新聞紙を敷いていた。新聞紙は万佐子が家から毎日持って行った。河原で、斉野政近がよきところと決めたところでふたりはいったん立ち止まる。ん。万佐子はスクールバッグから新聞紙を取り出して斉野政近に渡す。ん。斉野政近は受け取って、それを敷いて「六時」を待つのだった。

最終バスがたったひとりの老女を乗せて走り去る。万佐子と斉野政近は急いだりしなかった。「六時」が来たことに気がつかない振りをちょっとして、なぜか、しぶしぶというふうに腰を上げる。草のしるでよごれた新聞紙は万佐子が受け持った。なんか、妻っぽいな、といつも思った。

待合所に行くために信号のない道路を横断する。このときにはもう、斉野政近は怒ったような顔をしていた。色白の頬を紅潮させて、万佐子という連れがいないふうに早足で待合所に入っていった。

万佐子が入って行ったら、斉野政近は腕組みをしていた。かれとは少し離れてベンチに腰掛ける。スクールバッグを脇に置く。思い出した、というようによごれた新聞紙を取り出して、ゴミ箱に捨てに行く。ゴミ箱は、斉野政近のほうにあった。新聞紙を捨てて戻ってくる途中で腕を摑《つか》まれるのが手順だった。

儀式めいた段取りがなければ、あのころ、わたしたちは口づけに夢中になれなかったのだと万佐子は思う。そうして万佐子がよく覚えているのは、斉野政近に腕を摑まれたときの感触だった。指のあとが付くほどきつく摑まれた二の腕の下のほう。裏側。

一時間も口づけをかわしていたというのに、その間の記憶はおぼろだった。音には二種類あるのだなと気がついた。耳から聞こえる音と、からだのなかを振動で伝わる音だ。そのふたつが一緒になったときが、万佐子はいちばんよかった。

待合所は、古い木の匂いがする。黴《か》びたような匂いだった。斉野政近は綿埃《わたぼこり》のような匂いがした。学期ごとにしかクリーニングにださない制服のブレザーの匂いなのか、体臭なのか、よく分からなかった。どちらにしても、体温が上がったら濃くなった。耳の下に鼻を付けたら、なまあたたかな吐息がついつい漏れ出る。

まったくことなる匂いに変わる瞬間があった。茹《ゆ》でた栗と漂白剤を混ぜ込んだような匂いで、その匂いがした途端、斉野政近はひどく辛そうな顔をした。

冬になって、ふたりは困った。雪の積もった河原で「六時」を待つのが困難になったのだった。待合所も冷え込んでいるし、なにより、厚着になっていた。もっとも触れたいところに指が到着するまで時間がかかる。

タイツだのブルマだの、密着素材を搔《か》き分けて、斉野政近の指は目指すところまで進んだ。事前に息を吹きかけて温かくはしていたが、それでもかれの指は冷たかった。万佐子の指も冷たかったようだった。折角元気いっぱいだったのが、一瞬間だけ、意気消沈したように思えた。

零下十度は平気で下回る小さなまちだ。火の気のないところで睦《むつ》み合うには寒すぎる。たとえ、いくら、覚えたばかりの若い猿たちとはいえ、と、万佐子は微笑を深くした。

4

狭い手洗いの壁に背をもたれ、床にお尻をつけている。

ひらいた足で便器を挟んでいる恰好だ。

吐き気の波は二度来て去ったが、まだ油断できない。

というより、動きたくない。

電車のホームで気持ちわるさと闘う会社員のように、うっぷ、と、わざと込み上げさせてみる。しかし、口中に指を入れるといった積極策を採る気はなかった。だぶっとした、かたちのない、重たいものが胃を圧迫してかなわない。

「しょうちゃん！」

渡部を呼んだ。渡部将太《しょうた》というのが渡部の姓名である。

「ラジオ、持ってきて」

じき、午前一時になるはずだった。

万佐子がいつも聴いているFM局では中堅ミュージシャンがDJを務める音楽番組が始まる。ジャズだのクラシックだの、わりに気取った選曲で、その中堅ミュージシャンは、あたかも、いま、おれがやっている音楽はかならずしもおれが本来やりたいものではないんだぜ、と主張しているようだった。

「そこで寝る気じゃないんだろうね」

渡部が弁当箱ほどの大きさのラジオを持って来た。手洗いのドアの上部をやすやすと手で掴み、所在なげに動かしている。ギイッ、ギイッと、いかにも安普請《やすぶしん》です、という音が立つ。

「寝ないよ」

こんなところで寝るわけないよ、と、万佐子はラジオを胸に抱えた。ラジオをかけっぱなしにして眠るのが万佐子の癖なのだった。

手の甲を面倒くさそうに振って渡部を追い払う。

ラジオのスイッチを入れた。

およそ十五分後に、インスタントコーヒーのコマーシャルが入る。挽き立ての豆がどうの、香りがどうのといっているが、そんなことは万佐子にはどうでもよかった。

万佐子が聴きたいのはナレーターの声だった。その声は、斉野政近によく似ている。

5

グラン・トゥーリズモは、小さなまちの若者には名の知れたラブホテルだった。病院みたいな装飾のない白い建物で、そこがまずよかった。ラブホテルに付きものの「ラブ」な感じも「ホテル」な感じもない。

まちはずれの丘の上にあるというのもよかった。土饅頭《どまんじゆう》のような丘につけられたS字カーブの小道は、グラン・トゥーリズモだけにつづく道だ。真っ直ぐな道ならば、もっと早くに着けるだろうが、その道のりを惜しむようにゆるく曲がっていくのがたいへん恰好いいとされた。

大旅行という意味のホテル名もたいそういかしていると思われた。少なくとも、万佐子は世界一恰好いいと思っていた。

初めて行ったのは、冬休みだった。親や親戚からもらったお年玉を斉野政近と持ち寄った。休憩時間は五千八百円だった。冬休み中に、しめて四度、通った。

性をかわすのはふたりとも初めてだったから、一度目は不首尾に終わった。二度目でうまくいった。痛いったらなかった。

グラン・トゥーリズモは部屋のなかも白かった。天井も壁も床も掛け布団も敷布も枕も白くって、目がばかになりそうだった。そのくせ避妊具は飴玉《あめだま》みたいに色とりどりだった。

四角い部屋の四角いベッドで、万佐子と斉野政近は、冬休みの間にまずは正常位を会得《えとく》した。

まだ痛かったが、切り裂かれるような痛みではなかった。

よくはならなかったが、斉野政近が入っている、という感覚が万佐子は嬉しかった。自分のなかに入った斉野政近が喉から出てきそうな感じもした。

足をひらくと、斉野政近より先に、風がすうすう入ってくる。それまで聞いたことのないような、いやらしいというよりほかないような音を盛んに立てていたところが、ふと静まり返る気がする。疼痛《とうつう》じみた痛みなどものともせず、万佐子は、待ちかねている、という気分になった。

それからというもの、「それ」ばかり考えた。

傾く、よりも、滑り落ちる、よりも、もっと急で、切羽《せっぱ》詰まったものに背なかを押されて、反《そ》り返りながら走っている感じだ。

からだが心を引っ張って行く。心だけでなく、からだはからだ以外の一切を引っ張って行った。とにかく欲しくてならなかった。斉野政近よりほかはなにも要らないと思えるくらいに。

バイトを始めたのは、ホテル代を捻出《ねんしゅつ》するためだった。

小さなまちだってファストフード店くらいある。

斉野政近は鶏の唐揚げ屋の厨房で働き、万佐子はドーナツ屋で働いた。

雪がとけて、バイトに行かない日には、待合所にも行くにはいった。でも、そのころにはすでに、待合所なんて！　という気分だった。だって、全然落ち着かない。それに斉野政近は、待合所では、本気を出そうとしなかった。

口づけをかわし、指で探り合ったその先におこることを知ってしまったら、「その先」がないのは、なんとも、歯痒《はがゆ》く、やるせないものである。

万佐子は斉野政近の細い首にしがみつき、うわごとみたいに、ねえ、ねえ、と繰り返した。うん、うん、と、斉野政近が啜り上げるようにして、万佐子の耳のなかにいった。

バイト代はまるごとグラン・トゥーリズモに注《つ》ぎ込めるというわけではなかった。

斉野政近にだって男の付き合いというものがある。バイト先での知己《ちき》も増えたようだ。

男同士でなにをしてあそんでいるのかを万佐子は知らなかったが、まあ、そんなものだろうと思っていた。彼女との交際にのみ心血をそそぐような男子を万佐子はあまり好まなかった。

それに万佐子にも女同士の付き合いがあった。買い物をしたり、カラオケボックスに繰り出しては新曲にチャレンジした。むろん恋の話もする。自分の経験はほのめかす程度におさえて、万佐子は、友人の経験談に耳を傾けた。

どうしてこうもぺらぺらと喋れるのだろうと、それがとても不思議だった。

斉野政近とのことを、万佐子はだれにもいいたくなかった。

いえば、濁《にご》るような気がした。

斉野政近とのあれこれは二層になっていると思われる。澄んだ水の下に、泥よりきたない滓《かす》がある。滓の分量のほうがよほど多い。底が見えないほどの嵩《かさ》だと思う。手を入れて、腕の付け根まで手を入れても届かない。だれかに話すと、それが攪拌《かくはん》される気がしてならなかった。

グラン・トゥーリズモに行くのは月に二度とふたりで決めた。第二と第四の日曜日だ。土曜の夜から一泊して帰る客が多い。三時すぎなら、空いている。

自転車に乗って行った。万佐子は斉野政近の肩甲骨のあいだに唇を押し当てて、あーと声を反響させてみたりした。くすぐったいからやめろと斉野政近がいう。

まちはずれだから、周囲にはなんにもなかった。一面という具合に広がる平野を、斉野政近が漕ぐ自転車の速度で見渡すと、わたしたち、という言葉が万佐子の胸を駆け抜けていった。

部屋を選んで、鍵をもらう。フロントは長方形の窓だった。そこから、しみの浮き出た浅黒い女の手が出てくる。メンバーズカードを渡すと、はんこを押してくれる。二十貯まれば、休憩が一回、ただになった。

我慢できずに、学校の校長室の近くにある、使用頻度の低い来賓《らいひん》用の手洗いで性をかわしたこともあるのに、グラン・トゥーリズモの部屋に入ると、ふたりは、まず、ティーバッグの紅茶をいれてのんだ。余裕しゃくしゃくの振りは、しかし、そう長くはつづかないのがつねだった。

とてつもない贅沢《ぜいたく》をしている気になったのは、ことが済んだあとだった。はだかのままでくすぐり合っているときだ。五千八百円で買った二時間と白い部屋を、無駄遣いしているような感じがする。

色白の斉野政近の喉の下がうっすらと赤くなっていた。顎もわずかに赤かった。それはかれが万佐子の頭に顎を打ち付け運動するからだ。万佐子の肩口も赤かった。それはかれがそこにも顎を打ち付け運動するからだった。

贅沢はまだあった。帰り道は日が落ちる時間に遭遇する。S字カーブの下り坂を自転車で降りて行くと、平野がだいだい色に染まっている。向かい風にも夕日の匂いが付いているようだった。

冬の落日は一層美しかった。真っ白ななかに、大きな大きな線香花火の玉みたいな太陽がじゅっと沈む。雪道だから自転車は無理だった。さんざん着込んで暖かくして、ふたりは徒歩でグラン・トゥーリズモに通った。手袋をはめた手をつないで、冬の落日をしばらくながめた。

あいしてる、と万佐子が呟いたのは、あとにも先にも一度きりだ。うん、と斉野政近が首を倒して小声で答えた。

6

あいしてる。声に出さずにひとりごちた。

万佐子は狭い手洗いにいて、ラジオを胸に抱えている。インスタントコーヒーのコマーシャルはもう終わった。大人になった斉野政近の声が万佐子の耳のなかに残っている。それが、ぽたり、ぽたり、と、お腹の下のほうに落ちて行った。高くもない、低くもない、足音みたいな声である。土の地べたを踏みしめるような、ふっくらとしたぬくもりのある声だった。DJである中堅ミュージシャンが選んだ曲はラグタイムの名曲だった。軽やかな足さばきでステップする猫のような曲である。

ラジオを抱えたまま、万佐子は手洗いを出た。洗面所で口をゆすぎ、メインの「L」に戻る。

渡部は最前と同じ恰好だった。腹這いになり、地デジ対応のテレビのカタログを黙読している。

万佐子はかれの大足の土踏まずをつま先で押した。えー？　と巨体を波打たせて、渡部が仰向けになる。万佐子ちゃん、と、いった。

「気分、よくなった？」

「峠は越したよ」

ラジオを抱え直して、万佐子は心中でその言葉を再度、いった。そう、峠は越した。わたしは、とうのむかしに峠を越していた。

7

容姿とか、不似合いなことをやってるとか、さぞや不格好であろうとか、笑われているだろうとか、そんなこと、気にする余裕はなかった。

わたしはただ、と、万佐子は布団のなかで目を閉じた。隣で渡部が控え目ないびきをかいている。

斉野政近にとって、美味しいものになりたかった。よい匂いを立たせたかった。玩具《おもちゃ》にされるといういい方は否定的な意味で用いられるが、手垢《てあか》やよだれでべたべたになった玩具にだって言い分はあると思う。喜びもある。

斉野政近とは高校を卒業と同時に別れた。

かれは札幌の大学に進学した。受験することを万佐子が打ち明けられたのは試験間近だった。小さなまちの近くにも大学はある。そこでは駄目だとかれはいった。システムエンジニアになりたいのだともいった。それが斉野政近の将来の希望のようだった。

万佐子が東京の専門学校に進むことにしたのは、あてつけの気味があった。斉野政近よりもっと遠くに行ってやるといったふうな意地の張りようは、たいそう女らしいものだったが、斉野政近には理解しがたいようだった。

とはいえ、遠距離になっても手紙を交換したり電話をかけ合ったりはしていた。しかし、それもゴールデンウィークくらいまでだった。

自然と間遠になり、いつしか途切れた。どちらが切ったのかは分からない。どちらからでもいいという雰囲気が濃くなっていた。その「どちら」に、こちらがなるのはいやだと双方が思っている雰囲気に万佐子は少し耐えられなくなっていたから、切ったのは万佐子のほうかもしれない。

斉野政近の近況は帰郷するたびに耳にした。

郵便局に勤めているらしい。

交通事故でむち打ちをやったらしい。

転勤になったらしい。

転勤先の同僚と結婚したのは十二年も前のことで、子どもが生まれたのは十年前。その子は娘で、保育園の送り迎えを斉野政近がしていると聞いたのが最後の噂だった。ああ、そうだ、と、万佐子は思い出した。二世帯住宅を建てた話も聞いたっけ。北海道の東のほうの小さなまちで。わたしたちのふるさとで。

病院みたいな外観のグラン・トゥーリズモは、現在、老人保健施設である。平野に沈む大きな夕日をながめながら、老人たちはリハビリテーションにはげみ、帰宅できる日を待っているのだろう。それが叶《かな》ったら大旅行だと、今晩、万佐子はそう思った。距離ではない。自宅に戻るという旅もある。いままで暮らしていた場所が、距離ではなくて、もっとも遠い場所になったからだ。

渡部の安らかな寝顔を見た。背があまり高くなく、痩《や》せ形の斉野政近とは正反対のタイプである。

渡部とは、出会った最初から行為に精をださなかった。全力疾走というよりはウォーキングといった感じの、ほのぼのとしたまじわりだった。かれは万佐子を玩具のように扱ったりはしなかった。いや、玩具は玩具かもしれないが、あそび方をよく知っているというふうだった。夢中にならない代わりに、飽きもしない。

ふいに万佐子は気がついた。

わたしはずっと、斉野政近とのような間柄を男にもとめていたのかもしれない。グラン・トゥーリズモで過ごしたときや気持ちに、もう一度、辿り着きたいと思っていたのかもしれない。

辿り着けっこないのに、と、ひとり笑いした。

だって、もとより、あのころだって、と、つづけて思う。

汗みずくになりながら、辿り着きたいと思っていたのだ。

それがどこかは分からないけど。それがほんとうにあるのかどうかも分からないけど。

わたしたちが、わたしたちでいられる場所。それだけで満たされて、外の時間が止まってしまい、わたしたちだけが生きていると、そんなふうに思える場所。繭《まゆ》のなかの宇宙のようなもの。つまりは、暖かで、ゆるされる場所だった。それはもう、すべてだ。わたしがわたしでいるだけで、あなたがあなたでいるだけで、それだけで、ゆるされ、受け入れられる、そんな場所だ。


「万佐子ちゃん」

暗い部屋で渡部の声がひびいた。ぬっと顔を出すような声だった。夜中に聞く腹式呼吸は心臓にわるいと万佐子は思う。

「……起きてたの？」

とようやく訊くと、

「いま、起きた」

との答えがくる。睡眠の途中で覚醒《かくせい》したわりには、しっかりとした口調だった。

物音が聞こえる。渡部が寝返りを打ったようだ。声が近くなる。からだごと、こちらを向いたのだろう。

「テレビのことなんだけどさ」

「うん」

「あれ、まだ急がなくていいよね」

「うん」

「地デジになるまでまだ間があるし」

「うん」

「もっと安くなるかもしれないし」

「うん」

「ソニーとかさ、シャープとか、なんかやるかもしれないし」

「うん」

「万佐子ちゃん？」

聞いてる？　と、渡部は手を伸ばして万佐子のひたいを撫でた。

「『うん』っていってんじゃん」

寝ぼけたような声をだして、万佐子は渡部の手に、自分の手を重ねた。

「万佐子ちゃん」

「うん」

「テレビじゃなくて、革靴、買おうと思うんだけど、どうかなあ」

「うん」

「滑り止めの付いたやつ」

「うん」

「雪道でも平気なやつ」

「うん」

「絶対あったかいコートと」

「うん」

「飛行機のきっぷ」

うん、うん、と、万佐子は渡部の大きな手を頬にあてた。

無理しなくていいよ、と、いった。わたし、別に、いまのままでいいよ。かもしれないけどさあ、と、渡部が万佐子の布団に入って来た。冷え性の万佐子の足を大足で挟んで、ゆっくりと温める。

幾度か観に行った渡部の芝居を思い出した。

大抵端役だった渡部が一度だけ「いい役」をもらった芝居だ。間抜けな大男の役だった。赤毛のかつらをかぶり、ぼろを着て、わりと唐突に舞台に登場しては、居合わせたひとたちを引っ掻き回すという役どころだった。

ヤーヤーヤー、お待たせしました。

だれも待ってなどいないのに、大男は陽気に手を振り、現れる。はっきり付け鼻と分かるそれを親指でちょいと擦り、胸を張る。

わたしが来たからには、もう安心。

赤い毛虫のような太い眉を上下させ、大男はたかだかと腕を組んだ。

ささ、なんでも打ち明けて。遠慮せずに。

というのだが、皆、その手に乗るかという顔をしている。

ならば、しょうがない。

大男は持参した鞄から縄跳びを取りだして、その場で勝手にあそび始める。

えい、二重跳び。そら、ボクサー跳び。

したたん、したたん、と、縄を床に打ち付けて、大男は縄跳びに熱中する。ドーランもとけて落ちよとばかりに汗を飛び散らかし、したたん、したたん、と、やがて舞台じゅうを走り回る。

　では、このへんで。

　片膝をつき、縄跳びを鞄にしまい、大男は礼儀正しく一礼した。退場。なんだったの、あれ、と、舞台に残った役者たちが顔を見合わせ、あきれてみせた。しかし、おそらく、と、ひとりがいう。

　かれの名前はワタベくんというのだろう。

へたな楽屋落ちだと、そのとき万佐子はそう思った。ちっぽけな劇団のやりそうなこと。内輪受けをやって外部も巻き込むにはそれなりの知名度が必要なのに、と聞こえよがしの舌打ちをしてみせた。

　にがにがしかったのは、渡部のひとのよさである。揶揄《やゆ》されるほど、普段から「いいひと」が空回りしているものと思われた。なにをされても怒らないと、へらへら笑っている者だと、劇団員にきっと思われているのだろう。でなければ、あんなに嬉しそうに縄跳びをやるわけがない。今度はちょっといい役なんだと、素直に自慢をしてチケットを売るはずがない。

　そうだ、だから、と、万佐子は渡部の大きなてのひらに頬を押し付けた。わたしはこのひとがほんの少し怖いような気がするんだ。なにを考えているのか分からないような気がするんだ。九分九厘、のんきで機嫌がいいだけのおとなしい男だと見くびっているが、残りの一厘が、一厘なのになにやら茫漠《ぼうばく》としていて、ひろびろとしていて、果てがない感じがするんだ。だから、と、息を吐いた。息を吸った。

離したくないんだ。

それでいて、渡部が自分から離れる寸前を見たい気がするんだ。

どこまでわがままや意地悪をしたら、この男が自分に愛想をつかすのか、確かめてみたい。

そうなったら、いやなのに。哀しいというよりもっと哀しいのに。少なくとも、二度と斉野政近に会えないかもしれないと思うよりずっと。

渡部がやさしく体重をかけてくる。広い背なかに手を回して、万佐子は、ごめん、と、ささやいた。どうして謝るの、と渡部が笑う。振動が、万佐子のからだのなかに伝わって来る。答えないでいたら、どうして泣いてるの、と、渡部が頬を重ねて来た。

あいしてる、というならいまだ。でも、いい出しかねた。

いまさらという気がするし、北海道の東のほうの小さなまちに行きたいと、渡部がそういってくれたから、決心してくれたから、そのお礼をいっているみたいになる。そんなの、いやだ。

ああ、でも、いいたいなあ。渡部、いいやつだよなあ。

S字カーブの先にある白い建物にいくより遥《はる》かなところを目指す大きな旅を、渡部となら、きっとできると万佐子は思う。渡部がゆっくりと動いている。案外柔らかな唇で、万佐子の涙をぬぐってくれた。

サンキュー、渡部。明日か明後日、遅くともクリスマスまでには不意打ちをかけるよ。あいしてるというから、そしたら、大いに笑ってくれ、と、万佐子はまぶたを閉じた。滲み出すように、からだがほどける。なんにも要らないような気がした。辿り着いたと、思っていいかなあ。

誦文日和
（ずもんびより）

1

わたしたちは商店街で生まれ育った。

商店街は、ごく小さなまちのようなものだった。通りに向かい合って、およそ三十店舗が軒《のき》をつらねる。幅の狭い道を挟んで五つ六つの個人商店や飲食店が、ひしひしと音がするほど寄り集まったのを一区画と数えた。野菜や果物などを商《あきな》う青物《あおもの》屋は鉄道駅の方面から入ってすぐの区画にあった。うちの本屋は反対側にある。

青物屋の晴子《はるこ》とはよくあそんだ。同年輩の女の子どもは晴子だけだった。わたしたちはゲームや絵本や人形を抱え、たがいの家を訪問し合った。たまには男の子の仲間に入り、かくれんぼもやったが、わたしは晴子とふたりであそぶほうを好んだ。晴子と一緒にいたら、余禄《よろく》があった。菓子屋の前を通りかかれば甘いものがもらえ、帽子屋では羽根のついた帽子をかぶらせてもらえる。

大人たちの親切を受けるたび、わたしは晴子が可哀想な子だということを思い出した。晴子には母がいなかった。赤ん坊のときに亡くなったらしい。晴子と仲よくあそぶわたしはさぞよい子に見えるだろう。これも余禄のひとつだった。

「ほら、ありがとうは？」

六つか七つのくせして、わたしは晴子に礼を促《うなが》し、姉さん風を吹かせたものだ。ところが晴子ときたら、おしっこを我慢するときみたいに身をくねらせて、にやにやするばかり。わたしは礼儀をきちんとしなければ恥ずかしいと親に教えられていたし、わたし自身もそう思っていたが、晴子はそうするのが照れくさくてならないようだ。

いくらいっても、「だってえ」と子どものわりには低い掠《かす》れ声を出した。二の腕を摑んで揺すったら、眉根を寄せて「痛い、痛い」といった。手を離すと「う・そ」と口をつぼめる。

少々苛立《いらだ》ちながらも、わたしは辺りを窺《うかが》った。このようすを親がこっそり見ていたら、うちの子どもはしっかり者だと感心するにちがいない。

親が他人に「うちの子」として話すのは兄のことばかりだった。わたしとひと回りちがいの兄は学校の成績がたいそうよかった。親は兄が欲しがるものは大体なんでも買ってやるように見えた。兄は勉強に関するものしか欲しがらなかったから、それもまた親の自慢のたねになった。

いつも鼻歌を歌っている機嫌のよさそうな父とふたりで暮らす晴子を、ほんの少し羨《うらや》んだ時期がある。晴子はテレビを夜なん時まで観ていても怒られないといっていたし、朝ごはんの代わりにお菓子をたべることもあるそうだった。しかも、ふとんのなかで。夜、親がかわすひそひそ話によると、景気のあまりよくない商店街のなかで、青物屋と米屋だけが羽振りがよいとのことだった。青物屋は土地持ちだし、米屋は米屋で、株でこつこつ儲《もう》けているらしい。

だから、晴子は、ほんとうは、そんなに可哀想な子ではない。しかし、大人たちは晴子に優しく接したがる。かれらは晴子を見ると目を細める。髪や頰に触れたがる。

その心情をわたしが察することができたのは、高校生になってからだった。

晴子よりきれいな女子はたくさんいるが、ひとの心を引きつける独特のムードを持っているのは晴子だけだとふいに気づいた。

誑《たぶら》かす、というのとはちょっとちがう。蜘蛛《くも》が網を張るというのともちがう。むしろ罠にかかったのは晴子のほうで、鋼鉄製の虎挟みの鋭い歯に足をくわえられた兎を連想させる。白くて柔らかないきものが「痛い、痛い」といったら、放っておけない。そのいきものの目は濡れているので、泣いているように見える。その目を覗《のぞ》き込むと、こちらの心持ちも濡れるような感じがする。白くて柔らかないきものの印象が一変する。晴子はぬるりと溶け出して、乳濁液《にゆうだく》のようなものになるのだった。

わたしと晴子は同じ高校に進学していた。わたしが安全策を取りランクを下げて受けた高校に、晴子は駄目でもともとの気楽さで受験し、ほとんどまぐれで合格したのだ。

晴子に粉をかける男たちが出現し始めた。橋渡しを頼まれるのはわたしである。男たちは、最初はじかに晴子に声を掛けるらしかった。しかし、晴子はくすくす笑ってばかりで本気にしようとしないので、わたしに頼ってくるようだった。わたしが晴子に口をきくのが、正式の告白というか、手順に、なんとなくなったのだから、わたしは晴子の黒子みたいなものだった。ただ近所に住む幼なじみなだけなのに。手順を踏まれても、晴子はかれらを片っ端から袖《そで》にした。

そういうことには興味がないというのが理由だったが、それは嘘だとわたしは見抜いた。

晴子には首筋に痣《あざ》がある。五百円硬貨くらいの大きさで、鍋底に張り付いた焦《こ》げのように黒い。それを、たぶん、気にしているのだ。直接聞いたことはないが、集団写真を見れば分かる。晴子は首を覆《おお》うようにして長い髪を胸に垂《た》らし、その上、肩をいからせて、痣を隠そうとしていた。

ところが、いつからか、晴子はいい寄ってくる男たちの相手をするようになった。誘われたら、気安く出かける。晴子と男たちとのあいだを伝書鳩みたいに行ったり来たりするわたしの顔を立てようとしたのではなさそうだった。

下校時、電車が一緒になったら、デイトの話をよく聞いた。晴子はわたしにデイトのようすをくわしく話した。なかには、むしゃぶりついてくる男もいるらしい。どどどうするのと勢い込んだわたしに、

「キスくらいなら付き合うけど？」

と、喉を反らせて声を立てずに笑った。黒い痣があるせいで、晴子の喉は真っ白に見える。

「唇を重ねて、つばを移し合うだけだもの」

ぺっと唾液《だえき》を吐き出して、晴子は「ただいま、おとうさん」と実家の青物屋に入っていった。店先に並んだ大根のうち、二股に分かれた形になっているのをわたしは立ち止まって、しばし、ながめた。

硬い笑みが頬に浮かんだのをしおにその場を離れ、歩き始めた。晴子にまじないを教えたことを思い出した。

その年の春、晴子がうちに教科書のガイドブックを買いに来たとき、聞きかじりのまじ

ないが口をついて出たのだった。

「直感で選んだ本を手に取って、ぱっとひらいたページのなかに、自分がいまいちばん必要としている言葉があるんだよ。それをいつも唱えていたら、なりたい自分になれるんだって」

晴子を励《はげ》ましたかったのだ。首筋の痣を気に病み、持ってうまれた独特の魅力を発揮しないのは勿体《もったい》ないと思った。わたしがもしも晴子なら、男の子たちをとても上手に手玉に取ってみせるのに。それをできる立場にありながら、やろうとしない晴子は愚であり鈍で、だから、やっぱり晴子は少し可哀想な子だ。

晴子が手に取った本は『シェイクスピア物語』だった。子ども向けに編まれた本を選ぶあたりが晴子らしい。もとより活字を読むのを億劫《おっくう》がるところがある。ぱっとひらいたページを見つめ、晴子はふっくらとした笑みをこぼした。

目をさましたときに見るものを、
恋しい恋しいおかたと思え。

その呪文を、晴子はおそらく唱えたのだろう。目覚めたときに見る者をだれでもかれでも恋しいひとだと思えるようになったにちがいない。晴子の経験は、キスだけではないというのがわたしの読みだった。なぜなら、制服が薄汚れて見えたからだ。決して太ってはいないのに、晴子のからだは制服からはみ出して、というより、晴子はなんだか裸のままでそのへんを歩いているように見えた。

わたしたちは十七歳だった。

その年の夏には、青物屋の娘は男出入りのはげしい不良だと商店街でささやかれるようになった。わたしの評判は子どものころから変わらなかった。真面目で礼儀正しい不器量な子ということで安定している。

九月、兄が晴子を好いていると気づいた。

商店街を抜けたら住宅が建て込んでいる界隈《かいわい》となる。民家と民家のあいだに少しばかりの空き地があった。家族で暮らす一戸建てには狭いらしく、打ち捨てられた土地だった。

その場所で、兄が晴子に手紙を渡しているのを見た。一度二度ではないような渡しぶりだった。

家のお風呂が壊れたので、わたしはひとりで銭湯に行った。その帰り道だった。わたしの髪はまだ濡れていた。湯上がりにのんだコーヒー牛乳の後味が舌に残っていた。

兄と晴子は空き地の奥のほうにいて、街灯の明かりを避けているようだった。兄から手紙を押しつけられた晴子はかぶりを振ってから受け取った。いやがるのも約束事のうち、という感じだった。

晴子は汚物をつまむようにして手紙のはしを持ち、兄の眼前でひらひらと振ってみせてから、喉を反らせた。笑っているようだった。得意の笑い方をやっているのだろう。晴子は声を立てずに笑うことがある。唇をうねらせるようにして開けるのが特徴だ。上唇がやめくれ、わずかに歯茎が覗くのだった。

兄は、素早くきびすを返した。商店街に歩いて行った。前のめりの、早足で。我が家の期待の星とは思われないような、不格好なさまだった。

わたしは薄く笑った。ぺろりと出した舌を、前歯で舌苔《ぜったい》を刮《こそ》げ取るようにして引っ込める。

ひと回り年上の兄は渡り鳥の「渡り」について研究していた。大学院を出て研究室に残っていたが、学者としてはまだ不安定な身分だった。とはいえ、兄は、依然わたしたち一家の自慢ではあった。それが晴子に骨抜きにされている。

その夜、ふとんのなかで、兄を振り回す晴子にわたしはまず腹を立てた。それから兄の不器用な接近術が功を奏し、晴子がわたしの身内になることを夢想した。堅物の秀才が、おばかさんだけれど色っぽい女を妻にするのはよくある話だ。小姑のわたしとしては親と一緒になってひとしきり嘆息した後、お兄ちゃんのことは諦めましょう、晴子にだっていいところはあるんだし、と明るくいって、親の気を引き立てる役目を受け持つことになるのだろうと、そこまで考えた。

寝返りを打って、晴子が兄のものになどなるものかと思った。わたしと兄は顔もからだ付きもよく似ている。煎《せん》じ薬のような黒い肌に、引《ひ》っ掻《か》き傷みたいな目と長い鼻、厚めの唇。骨に皮が張り付いているような痩せぎすだが、男の兄のほうが女のわたしよりも若干、見易い。

兄は、ずいぶん得をしているように思えてくる。子どものころから兄だけが欲しいものを全部手に入れることができるのは、おかしいと思っていた。そもそも兄が晴子を欲しがること自体、おかしい。

わたしたち兄妹にとって、晴子は別世界の住人であるはずだ。兄が晴子を落とせるのなら、わたしは相当いい男とつき合うことができる。相当いい男がわたしを歯牙《しが》にもかけないように、兄が晴子にあざ笑われるのは当然のような気がする。

頭のなかが蒸《む》れたように熱くなったので、枕を裏返した。

わたしは自分をよく知っている。わたしには米屋の長男が丁度いいのだ。

二歳年長の米屋の長男は、私立大学の二部に通う学生だった。昼間は配達を手伝っている。歳の離れた弟がひとりいた。ひと回り違いだから、わたしと兄の年齢差と同じだ。

「妹なら可愛いけどさ」

なにげない言葉なのに、わたしの心臓がとくんと打った。米屋の長男が「可愛い」のところで上目遣いをしてみせたからだ。その顔の角度とか表情は、異性に素敵だと思われたくて工夫と研究を重ねたものに相違ない。

米屋の長男とは幼いころ、たまにあそんだ。野球少年だったかれは、よそのまちにある甲子園出場常連校に入り、その間、寮住まいをしていた。レギュラーになれずじまいで高校生活を終え、今春、実家に戻って来た。

学校帰りに米屋の店先で顔を合わせたのは、六月ごろだ。

米屋の長男はむかしから体格がよかった。いわゆる筋肉質というやつだ。そこにやや長い顔が乗っている。しゃくれ顎だから、商店街では花王石鹸《せっけん》とあだ名をつけられていた。小さめサイズのTシャツを着て、大胸筋を見せつけるようにしている。携帯の番号を交換した。電話するといっていたが、まさかほんとうにかかってくるとは思わなかった。

わたしは生まれ育った商店街で、恋愛までまかなう気はまったくなかった。しかし、商店街の外でロマンスを拾える気もしなかった。そういうものとは無縁だろうと思っていた。

米屋の長男に呼び出されて喫茶店に行った。旧交を温めるだけとわたしは自分自身にいい聞かせた。わたしは喫茶店に入ることにも、そこでお茶をのむことにも慣れていなかった。男のひととふたりきりというのも初めてだった。しかも米屋の長男が指定してきた店は商店街ではなく、鉄道駅の向こう側にできた新しい繁華街にあった。

商店街の外で暮らした三年間の思い出をかれは話した。喫茶店を出るときには、支払いを持った。よい待遇を受けている気がした。女としてもてなされているという感じだ。

それもこれも、わたしの評判が商店街でよいせいだろう。わたしは年上の女たちにわりと人気がある。晴子が毛嫌いされるようになってからは尚更《なおさら》だ。「うちの息子のところにきてくれたら」といわれたこともある。客商売を営むひとによくある軽口だとは分かっている。しかし、それをいったのは米屋の奥さんだったのだ。かのじょはこうつづけた。

「うちのお兄ちゃんは図体ばっかり大きいけど、なんだか頼りなくてね。あんたみたいなひとがきてくれたら万々歳なんだけど」

週に一度は米屋の長男と喫茶店で会った。他愛ない話をして帰ってくるだけだったが、デイトはデイト。

張り切って、おしゃれした。色のつかない白粉《おしろい》をはたいて肌理《きめ》を整え、頰紅を薄くさした。耳朶《みみたぶ》にも載せた。地黒にピンクは滑稽《こっけい》だったかもしれないが、わたしは、いつもうっすらと上気したように桃色の晴子の頰や耳朶を悔《くや》しく思っていたので、いつか機会がめぐってきたら、是非、そうしてみたかったのだ。

米屋の長男との会話のなかで、もっとも盛り上がったのが晴子の話題だった。

わたしは、ときに渋面をこしらえ、ときに嘲笑《ちょうしょう》を浮かべ、そしてときに保護者のようなあたたかい目をしてみせて、晴子の行状を並べ立てた。なにをいったとしても、でも、いい子なの、といえば、わる口にならない。実際、晴子は、気のいいところがあると思う。わたしが教えたまじないで知った一文を紙に書きつけ、いつも持ち歩いていると打ち明けられたことがある。気がよすぎて、お尻があんなに軽くなったのだろう。

晴子の話をするときだけ、わたしは緊張しなかった。

「きっと晴子は、たったひとりのひとに出会いたくて、男のひとを取っ替え引っ替えしてるんだと思うの」

だから、こんなロマンチックな見解もさほど照れずに述べることができた。胸のうちでは、男を渡り歩かなくてもたったひとりのひとに出会うことくらいできると思っていた。

そうだ、たったひとりでいいのだ。

薄い胸を持ち上げるようにして、米屋の長男を真っ直ぐ、見た。野球で芽の出なかったかれのセールスポイントは筋肉だけだ。黒目と白目の境が灰色に濁っている。眉を細く山形に整えていて、襟足《えりあし》の毛を尾長鶏《おながどり》みたいに伸ばしている。そうすることを粋だと信じているふうだ。けれどもかれは米屋の跡取り息子である。親は株で儲《もう》けたお金でもって繁華街には駐車場を、新興住宅地にはアパートを所有している。玉の輿というには小規模だが、良縁にはちがいない。

わたしは、わたしのセールスポイントは、堅実さと清潔感だと知っていた。付け加えるならば、若さである。いずれにしても、商店街のなかでしか評価されない持ち味だと思う。商店街のなかでなら、わたしが米屋の家に入るのは、降嫁《こうか》というニュアンスがきっと漂う。親も喜ぶだろう。

「……ライブがあるんだけどさ」

米屋の長男がいった。こめかみを掻いている。まだ有名ではないが、いい演奏を聴かせるバンドが全国ツアーの一環でやって来るのだという。卓の上にチケットを置いた。Gパンの後ろポケットから出したので湾曲していた。さっと目を走らせると、夜七時開演と書いてある。わたしは肩で息をした。夜に、ふたりで会うなら、ほんとうに「デイト」だ。

米屋の長男が襟足に手をやって、もじもじしている。思い切って、というふうに口をひらいた。

「……晴子ちゃんて、こういうの、好きかな」

「え?」

と訊き返した自分の声が耳から聞こえた。

「あの子、大人っぽいじゃん」

やだ。なんだ。そういうこと？　というふうに、わたしは口元に手をあてて、含み笑いをした。割合巧《うま》くできたからほっとした。この役を振り当てられることなら慣れている。思いちがいをしていたことを、目の前にいる男に気取られてはいけない。絶対、と、わたしはそれだけを一生懸命考えた。虚《うつ》ろな胸のうちに鼓動が反響していた。いやに冷たい汗が腋の下に噴き出てくる。つうっと伝ったから、まるで涙のようだった。わさびをかいだように鼻の奥が痛い。わたしは口から息を吐き、可笑《おか》しくってならないというふうに身をよじって笑う振りをした。

米屋の長男も笑った。噂に高い晴子ちゃんとやらを間近でとっくりながめてみたい、というようなことを打ち解けた風情《ふぜい》でいった。太いひと差し指をこちらに向かって差し出して、だって、きみがそんなにいうもんだから、という態度を示す。

「一度お願いしたくなるじゃないか」

と、しゃくれた顎を突き出した。

晴子にチケットを渡そうとしたら、ああ、そう、といったきりだった。低い掠れ声を聞いたら、わたしは、わたしが気の毒になった。わたしだけが惨めなのは理不尽のような気もする。

「ライブ、行くの？」

「行くかもしれない」

デイトに誘うってとっても勇気のいることじゃない？　恥をかかせるのはわるいと思うの。晴子はそんなことには慣れっこだといわんばかりに腕を組んだ。小さな顔を傾けて、長い髪をふわりと払う。

「とりあえず、会ってはみるんだ？」

だれとでも、と、わたしも腕を組んだ。青物屋の裏口にわたしたちは立っている。

「うちの兄とは――」

と言葉を切った。組んだ腕の二の腕の下からライブチケットをひらりと振った。

「一度もどこかに出かけていないみたいだけど？」

と、かまをかける。やだ。なんだ。そういうこと？　というふうに、晴子は口元だけで笑った。

「あのひと、だって、怖いじゃない？」

白い顔をにゅうっと差し出すように近づけてきた。よい匂いがした。兄が晴子に手紙を突き返されていた空き地。あそこで、かいだ匂いと同じだ。甘いが、涼しい匂いである。わたしはひとりであの空き地に行ったことがあった。白い花が咲いていた。唇みたいな形をしていた。

「怖い？」

うん、と、晴子はうなずいた。こちらに近づけていた顔をすっと引く。

「とても」

肩を抱いてみせる晴子を見て、わたしは兄がけだもの扱いされていることを知った。一度きりのデイトすら承知したくないほど、思い詰めたようすを兄は晴子に曝《さら》け出《だ》しているのだろう。晴子の前では、わたしも兄もひとしく惨めな者だった。兄とわたしはたいへん可哀想な兄妹なのかもしれない。

……ん、と、晴子にライブチケットを押しつけた。ん、ん、と繰り返したのだが、晴子は腕組みをほどこうとしない。仕方がないので郵便受けに挟む。立ち去ろうとしたわたしに晴子は呟いた。

「いいのね?」

ライブハウスでわたしと兄は、晴子と米屋の長男の斜め後方に位置を取った。全席立ち見だ。揺れ動くひと波に、晴子と米屋の長男の後頭部と、ときおり見交わす横顔が見え隠れする。

いい演奏を聴かせるバンドが来るからと、わたしは米屋の長男のいったことをそっくり真似て、しぶる兄を連れ出した。

全国ツアー途中のバンドはボーカルなしだった。速くもなく遅くもない、なにを聴いても同じような曲をだらだらと演奏する。

米屋の長男は晴子の腰を抱いているようだった。晴子はそんなことには頓着せず、音楽に合わせてからだを揺すっていた。米屋の長男が晴子の耳の裏側に口づけても、放っておいた。米屋の長男は大胆になり、口づけを粘っこくしていった。ほどなくして、晴子の後ろに回り込んだ。ひと波のせいで確認はできなかったが、晴子の背なかの低いところにかれはズボンの前のほうをぴったり重ねているようだった。

わたしは気持ちがこんがらかった。米屋の長男にいやらしいことをされているのは晴子なのに、わたしは自分がそうされているような気がした。そんなことをされたいと思ったことは一度だってないし、それに晴子はかれに弄《もてあそ》ばれているだけなのに。弄ぶ？　そう、弄ぶ。米屋の長男はわたしの気持ちも弄んだが、晴子にたいするそれとはちがっていた。わたしの前では好青年ぶっていたが、晴子の前では一匹の雄だ。雌の晴子は雄にされるがままになっている。いやらしい、だらしない、と思ってみても、晴子みたいに男の好きにさせることができたらどんなにいいだろうというような事柄が、わたしの足のあいだの奥深いところで発生したとろりとしたものとくっ付いて、膝に力が入らない。それでいて、わたしは晴子とはちがう種類の人間なのだと、それを必死で鼻にかけようとしていた。

傍《かたわ》らの兄を見上げた。細い顔がふくらんでいた。鼻息が荒い。固く結んだ唇から唸り声が漏れ出てきそうだ。しかし、兄は動かなかった。立ち尽くしているという感じだ。いくじなし。わたしは心中で舌を打った。せっかく晴子と米屋の長男のデイト現場を見せたのに。

筋肉しか取り柄のない、米屋の長男のような男が兄はもっともきらいなはずで、そんな男に自分が思いを寄せる女を持っていかれたら、誇り高い兄のことだ、体面を汚されたと思うだろう。兄の怒りは晴子に向かい、晴子の頰をきっとぶつとわたしは期待していた。

なにしろ、あの晴子が怖いというくらいなのだから、兄には、わたしの知らぬ獰猛《どうもう》な一面があるはずなのだ。兄は無言で晴子の髪を引っ摑んでこちらを向かせ、渾身《こんしん》の力で尻軽女の頰をぶつ。ぶってくれたらいいのに。わたしは晴子をぶちたかった。馬乗りになって、あの白い頰が真っ赤になるまで、あの声を立てずに笑う唇のはしや口のなかが切れるまで、何度も、何度も、ぶちたかった。

晴子がこちらを振り向いた。米屋の長男の肩口から、のれんをくぐるように小さな顔を傾ける。まず、兄と目が合った。その目が動いて、わたしを見る。晴子は笑った。真っ白い喉を反らせて。

アンコールはそれでも二回。二回目に晴子は米屋の長男を振りほどいて、ステージに駆け寄った。ネックレスを外して、ベースを弾いていた男の首にかけた。そのときには、兄はライブハウスから出て行っていた。

あくる日の夕方、晴子はわたしが店番をしていたうちの本屋に現れた。なにもいわずに長い髪を払い、首筋の痣を見せる。痣の周囲に打ち身をしたときのような色がついていた。青かったり黄みどりがかっていたり紫だったりが混じり合い、気味がわるい。痣自体も少し大きくなっている気がする。

「吸い付かれたの」

と、晴子はいった。少し笑って。

「強く吸われたら、ほんとうに痕《あと》がつくの。あたし、お風呂に入りたくない。だって、そしたら、消えてしまうかもしれないでしょう?」

それだけいって、じゃあねと帰った。

晴子がまちを出て行ったのはその二日後だった。都会から演奏しにきたバンドマンのひとりについていったらしい。書き置きはなかったようだ。あったとすれば、うちの郵便受けに入っていたわたし宛の紙片だろう。白い封筒を開けたら、しわくちゃの小さな紙が一枚出てきた。ところどころ破れていた。

目をさましたときに見るものを、
恋しい恋しいおかたと思え。

ばらばらの方向に傾く晴子の字を読んだ。以前、わたしが晴子に教えたまじないで、晴子が出会った一文だった。

鼻ひて誦文《ずもん》する。「枕草子」の一節が甦《よみがえ》った。

くしゃみをして、まじないを唱えるのを清少納言は憎らしいといっている。呪文さえ唱えればそれでいいというひとがどうやらお気に召さないらしい。わたしも同意する。呪文を唱えても、起こったことが帳消しになるわけではない。

晴子がいなくなっても、どうということはなく時間がすぎた。

わたしは高校を卒業し、印刷会社に勤めた。十一年間、経理をやった。商店街の外での勤め先だったから、わたしに目を留めるひとはいなかった。褒《ほ》められも貶《けな》されもしない、平安な十一年間だった。

父が脳溢血《のういっけつ》で倒れたのを機に退職したのは三年前だ。わたしは家業を継いだのだった。秀才だった兄は学者になっていた。地元でいちばんの大学で准教授の地位にある。昨春、カナダから帰国した。留学前に結婚した妻は、もとは兄の授業をとっていた学生だった。だからとても若い。慎《つつ》ましやかでよいひとだ。

一日の全部を商店街のなかで送るわたしは、なかなか有能な経営者と評判だ。しかも孝行娘である。半身不随になった父はリハビリのため、母と一緒に商店街を散歩するのが日課だ。かれらが「うちの子」と自慢するのは、いまやわたしのことばかり。兄が建てた新居は鉄道駅の向こう側の新興住宅街にある。車で二十分ほどの距離なのだが、とても遠くに親は感じているようだ。わたしは親を優しく励ます。

三十二歳で、独身で、本屋の店主で、親の面倒をよくみるわたしは、現在、たいへん充実している。肌は相変わらず煎じ薬のように黒く、目は引っ掻き傷だし、鼻は長いし、唇は厚いし、痩せぎすのままだが、それでもむかしよりはましになった。自惚《うぬぼ》れかもしれないが、もしも理由をつけるとしたら、おそらく、わたしが、わたし自身と上手に折り合いをつけているからだと思う。わたしにふさわしい道のりを歩いているからだと思う。

商店街の会合で、米屋の長男とたまに顔を合わせる。そんな歳でもないのに、くたびれた中年男のふうである。妻とふたりの子どもがいる。口をひらけば愚痴をこぼす。姑といがみ合う妻と、素行のわるい弟のことだった。

米屋の次男は二十二歳だ。

むかし、ライブハウスで晴子とデイトしていたころの米屋の長男より歳が上だ、と、こんなことを考えるのは、晴子が舞い戻って来たからだった。一年前の春に、ふらりと戻って来た。

晴子は父親に店を持たせてもらっていた。青物屋の支店のようなものである。野菜や果物ではなく、コンビニみたいになんでもちょっとずつ商《あきな》っているらしい。場所は商店街を出てすぐのところだ。兄から手紙を渡されたあの空き地で、晴子は小さな店を構えている。

なにかのおりに、夜、通りかかったことがあった。シャッターは下りていた。ふかみどり色の屋根と白い壁を立ち止まってながめた。道路を挟んでいたが、よい匂いがするような気がした。甘いが、涼しい匂いだ。ああ、この匂いだったと思ったところで、白い花と黄色い花が目に入った。唇のような形をした花が、たくさんついた木があった。その店の壁にすがるようにして枝を、葉を、這《は》わせている。

晴子は二階の窓を拭《ふ》いていた。桟《さん》に腰掛け、半身を乗り出していた。店の二階に寝起きしているのは知っていた。夏の初めだったのに、もうタンクトップを着ていた。しかも襟ぐりが深いタイプで、胸がこぼれそうだった。波打つ長い髪をひとつに括《くく》り、鼻歌を歌いながら、ガラスを磨き上げていた。

夜に掃除するなんて。しかもノーブラ。わたしの頬に苦笑が浮かんだ。晴子は、だって、窓拭きの手を止めて、缶ビールを啜ったのだ。次に煙草に火をつけた。細長いのを口のはしにくわえながら、馬に乗るようにして、桟をまたぐ。ぶらんと伸ばした足を夜風にそよがせ、窓を拭きつづけた。その横顔を街灯が照らし出した。首筋の痣がくっきりと黒かった。

晴子の店はさほど繁盛していないようだった。客は男ばかりという噂である。ことに米屋の長男は足繁《あししげ》く通っているらしい。まったく男というものは、というわたしの胸に上がった感慨が、まったくあの兄弟というものは、に変わったのは去年の晩秋。

晴子の店の前の路肩に黄色いスポーツカーが駐車しているのが見えた。米屋の次男が親に買ってもらって乗り回している車だ。棒つき飴を口にくわえて、次男が晴子の店から出てくる。二十二歳になった次男は、若いころの長男によく似ていた。小さめサイズのTシャツに革のジャンパーを羽織っていた。いいからだをしている。顎は長いが、長男ほどしゃくれていない。わたしは道路を横断し、晴子の店に初めて入った。

「あら」

晴子はゆっくりと笑顔をひろげた。

「忙しそうね」

とレジ台に肘《ひじ》をつく。レジの裏側に置いた椅子に腰掛けていた。わたしは短い髪を前から後ろへと撫で付けた。跳ねた襟足を寝かしつける。ひと目見るなり「忙しそう」といわれるほど、せかせかしたようすなのだろうか。

「忙しいわね、確かに」

兄嫁が妊娠中毒症で入院しちゃったものだから、と付け加えた。

うっすらと笑って、晴子は煙草に火をつけた。

「それはたいへんね」

と、煙を吐く。息に酒の匂いが付いていた。

「……ああ、そう」

三月二十四日。午前零時三十分。

一日の仕事を終えた。親とも団欒《だんらん》した。おやすみなさいと就寝の挨拶をし、自室に上がり、ふとんに入るまでが、唯一の、わたしの時間だ。なのに、晴子のことをつい考える。晴子がこのまちに戻って来てから一年というもの、晴子のことを考えない夜はない。

いつまでたっても親不孝な娘だった。くわえ煙草で店番するし、昼間から酒を呑む。すさんだ都会暮らしが身に付いてしまったのだろう。AV女優だったとか、犯罪者の情婦になって警察に捕まったという噂はほんとうだろうか。

かぶりを振って、噂は噂と思ってみると、それが事実だったらいいというような思いがかぶさる。いや、晴子を汚したいと思っているのではなくて、と胸のうちなのに弁解する。なぜなら、噂は根も葉もないものばかりではないからだ。現に、晴子がちょくちょく店を出て、どこかをほっつき歩いているという噂なら、ほんとうだ。本屋の定休日に、わたしは晴子と幾度か出くわしたことがある。

兄の家からの帰りだった。なにをするでもなくふらふらしている晴子を見た。一月に男児をうんだ兄嫁は産後の肥立ちが思わしくなく、臥《ふ》せっている。かのじょの実家は遠方なので、わたしが面倒をみることになる。忙しくてならないが、わたしがいないことには話にならない。

晴子を見かけたとき、わたしは、わたしでよかったと心から思った。もしもわたしが晴子なら、なにもかもうっちゃって、好きなことだけしているだろう。父親が用意してくれた店を放り出し、鼻歌を歌いながら、長い髪を風になびかせ、道ばたにたたずんだりするのだろう、と思ったら、いちばん上まではめたパジャマのボタンを毟《むし》り取りたくなった。

晴子が、ばかのように、ほうぼうをうろつき回ったり乱れた生活を送るようになったのは、わたしのせいのような気がしてならない。わたしはあのとき、ライブハウスで、晴子をぶってやればよかったのかもしれない。そうしたら、晴子はまちを出て行かなかったと思われてならない。そう思ってしまうのは、昼間、晴子が泣いているのを見たからだ。

商店街のイベントに晴子の店も参加することになった。組合で若手のわたしは、スタンプラリーの用紙を晴子に届けに行く係だった。声を掛けたら、晴子がゆっくりと顔を上げた。煤《すす》をなすりつけたように目の周りが黒くなっている。鼻の頭も白目も赤い。

「……あら」

ティッシュペーパーで洟《はな》をかんで、ちょっと笑った。片手で丸めたティッシュペーパーをゴミ箱に投げ入れた。その放物線をわたしはながめた。目を戻したら、晴子は指で目の下を押さえていた。ねえ、と、鼻声で呼びかけ、足を組んだ。ジーンズ越しだが、細い足だと分かる。男の喉仏みたいなくるぶしと筋張った足の甲。カーキ色のサンダルを履《は》いていた。店内用の履物だろう。

「むかしはよかったわね」

低い掠れ声でひそやかに笑った。真っ白い喉が振動し、黒々とした痣も引き攣《つ》れたように震える。

「泣いても、目の周りが黒くならなかったもの」

晴子がなにを考えているのかは、いくら思案しても分からない。ずっと前からそうだった。それでもわたしは考えずにいられない。晴子は、いま、なにを思っているのだろう。

2

三月二十四日。午前二時。

晴子はいつものように店のレジの奥にある丸椅子に腰掛けている。レジ台に肘をつき、ひとりの男を思っている。その男のどこがいいのか、晴子には分からない。気がついたら、かれのことばかり考えていた。

以前から、存在だけは知っていたのだが、ある瞬間を境に、晴子には、かれが、たったいま、この世に生まれ落ちたひとのように見えた。そうしてその瞬間もいまとなっては不明なのだ。まばたきをしたら、目に入ってきたとしかいえない。

あれは確か、と、考えるのが晴子は好きだ。冷たいビールを呑みながら、煙草をふかし、ぶくぶくと頭のなかにもぐっていく。

歩道橋？　ズボンのポケットに片手を入れて、木琴を叩《たた》くように階段を降りて来たかれと、昇ろうとしたあたしがすれちがったとき？

それとも、みかん？　買い物にきたかれに有田みかんの試食をさせたら、しるが飛んで目にしみたとき？

いくつか思い当たるふしはあったが、決めかねた。どうでもいいわ、そんなこと。晴子はいつものようにそう思う。十七歳だったのは間違いない。

何度も手紙を書いたのだが、そのたび、突き返された。かれはわざわざ場所を決めて晴子を呼び出し、手紙を返した。ふたりきりになりたいと暗にいっているようなものだった。しかも夜だったから、尚更だ。ロマンチックな場所でもあった。だれが植えたのかは知らないが、スイカズラが芳香を放っている。甘く、涼しい匂いだった。そこで、黙って、胸元に押し付けるようにして、せっかく書いた手紙を返されたら、またそれをやってもらいたくなる。おまえみたいな女と道草をくっているひまはないんだといいたそうな薄い唇をもう一度だけ、見たくなる。貧相なほど痩せた頬に傲慢《ごうまん》な笑みを浮かべてきびすを返し、蟻《あり》のように元来た道をダッダッダッと辿って行って、家まで帰る、その後ろすがたを何度でも見たい。

なのに、晴子はいい寄ってきた男たちとデイトを愉しむようになった。ほかの男たちとデイトすれば、かれに合わせる顔がなくなるような気がして、そしたら、つれなくされても仕方ないと思える。それに、仲介役はかれの妹だ。もとより幼なじみで、秀才と誉《ほま》れ高い兄を崇拝《すうはい》しているようだった。ほかの男とのデイトを取り次がれるたびに、諦めなさい、とささやかれる感じが晴子にはした。

……そうじゃないわ。晴子はかすかに頭を横に振る。あの子のせいにしちゃいけない。子どものころ、おかあさんみたいにあたしを躾《しつ》けようとした本屋の娘。あの子はとてもいい子だった。とても真面目で、自分が正しいと信じていた。あたしの臆病さやだらしなさを見抜いて、なんとかしようとしてくれた。こまかいことは忘れたけど、と、晴子は口元で笑った。みんな、忘れた、と、胸のうちでいった。初めて口づけをかわした男の名前も、初めて触れられた男も、枕をかわした男も憶《おぼ》えていない。だって、ひとつ手に入ったら、雨だれみたいにぽたぽたと入ってくる。からだなんて軒先から雨水を受けて流す樋《とい》のようなものだ。

あたしはしたいことをしていただけよ。かれにしてもらいたいことを、ほかの男たちで代用しているのでもなく、かれと同じ男という共通点があるなら、それでいいとしたわけでもなく、かれが欲しがらないこんなあたしを欲しがってくれるのだから、気前がよくなったというのでもない、と思うほうを晴子は採りたい。そしたら、気が楽になる。仕方ないと思える。

忘れられないのは、と晴子は喫《す》いさしの煙草を灰皿に置いた。顎を上げて、首筋の痣を撫でる。かれが一度だけ唇を押し当てたところだ。

米屋の長男とのデイトでいったライブハウスに、かれも来ていた。妹のあの子と一緒だった。あの子が米屋の長男に気があったのを晴子は知っていた。それでも、あの子は米屋の長男と晴子との仲を取り持とうとした。晴子としては、同類のような気がした。自分を嗤《わら》うようにして笑ってみせた。あの子のあわれな気持ちが身にしみて、ぞくりと粟立《あわ》つ感じがする。

「いいのね？」

と訊いた。声が少し震えたことに、あの子が気づかなければいいと思った。

あの子が米屋の長男とのデイトを見たがる気持ちも晴子は理解できた。かれがほかの女を可愛がるところを、晴子だって見てみたい。見ないくらいなら見たいのだ。そこに行けば見られると分かったら、行かずにはいられない。あの子は、ライブハウスに行くのはおそらく初めてだろうから、兄に付き添いを頼んだとしても不思議ではない。

振り向いたら、視線の先にかれがいた。ずうっと前から見られていたことに晴子はすぐに気がついた。隣には、あの子。牛蒡《ごぼう》みたいに黒くて痩せた仲よし兄妹。土のなかから掘り出されたばかりという顔を並べている。それを見ていたあたしときたら。

晴子はてのひらで顔を覆った。喉の奥で小さく笑うと、肩と乳房がわずかに震える。

米屋の長男の硬いペニスをお尻にくっ付けられていたんだわ。可笑しいじゃない？　可笑しいわよね。ビールをひと息に呑みほして、アルミ缶をつぶした。

米屋の長男を振りほどいて、舞台に駆け寄り、ベースの男の首にネックレスをかけた。ホテルの名前を囁かれた。米屋の長男をライブハウスに残して、晴子はベースの男の宿泊先に向かった。その途中、腕を引かれたのだ。あの場所で。スイカズラの香るあの場所に、晴子は立ち寄ったのだった。かれは暗がりにひそんでいた。

「……いっぱい好きだっていってたよね」

晴子の腕を捻り上げて、晴子が書いた手紙の文章をかれはいった。

「冷たくされるたびに、かさぶたが増えていくって」

それは黒くてカサカサしてて、と、晴子を揺すぶる。詰め物の少ないぬいぐるみのように揺すぶられていた晴子が口をひらいた。

「まるで、あたしの痣みたいなの」

齧《かじ》り取ろうとするように、かれは晴子の首筋の痣に口づけた。強く吸われて、痣の周りに痕がついた。痕は消えずに沈着し、やがて痣と同化する、きっとそうだと晴子は信じた。だってあたしの痣は育っていってるんだもの。眠れない夜を過ごすたびに広がる気がして仕方ない。だから、こんなに黒いんだわ。

ベースの男に、連れて行ってといったのは晴子のほうだ。知らないところに行きたかった。ベースの男が近隣のまちでのライブを終えるのを待って、晴子は都会に出て行った。

十四年の都会暮らしは愉快だったといえる。

いい声だとおだてられて歌手の真似事もやったし、ホステスの真似事もやった。雀荘に勤めたこともあったし、ティッシュを配ったこともあった。すけすけの下着を身に付けて、写真を撮らせた。下着は付けないこともあった。ベースの男は音楽の道を断念し、高価な布団のセールスマンになった。老人たちを集めては、売りさばいていた。幾人かの老人と親しくなり、通帳を預かることになる。キャッシュカードも預かった。暗証番号も勿論《もち》聞《ろん》き出す。派手に使って、捕まった。新聞にも小さく載った。晴子はベースの男とは、別れたり、よりを戻したりを繰り返していた。男が捕まったときには私鉄の車掌と暮らしていたが、内縁の妻だったということで事情聴取を受けた。そこでベースの男が晴子のふるさとの父に金を無心していたことを知った。ちょっぴりしか出さないと、脅《おど》していたことも知った。

このまちに戻って来たのは、その時期が来たからだと晴子は思っている。時期というものがあると思う。同じころ、かれが外国から帰って来た。ほどなくして、かれの妻が妊娠した。

晴子は見たくてたまらなかった。かれの妻のお腹が日々、大きくなっていくところ。そのお腹に手をあてがい、運動のため、えっちらおっちら坂道をのぼるところ。坂のなかほどで足を止め、ひと休みするのが、かれの妻の日課である。

「まあ、いま、何ヵ月？」

子ども好きの女のように晴子はかれの妻に声をかけた。かれの妻はよそのまちからやって来た。晴子のことは、たぶん、知らない。少なくとも、かれが晴子のかさぶたということは知らない。数えきれないほど引きはがしている。皮が張りかけたらまた剝《む》くのを繰り返しているから、もう、ちっとも痛くはないが、血は滲む。首筋に手をやった。顎をあげ、ひと差し指で痣の輪郭《りんかく》をなぞる。少し、笑った。ほら、こんなに大きくなってる。それは黒くてカサカサしてて、と口のなかで呟いたら、かれの妻の顔がまぶたの裏に浮かんだ。この世の喜びをそっくり集めたような笑みをひろげ、かれの妻は、晴子にこういったのだ。

「一月がお誕生日なんです」

かれの妻が出産した。晴子は胸を撫で下ろした。妊娠中毒症で入院したと聞いていたからだ。晴子の母は同じ病気がもとで死んでいる。母のない子にならなくてよかった。

晴子は赤ちゃんが見たくて、病院に行った。マスクで顔を隠したが、さいわいにも、本屋の一家はいなかった。ガラスに手をつき、赤ちゃんを探した。赤ちゃんたちはみんな仰向けにさせられ、あくびをしたり、おててとあんよを元気に動かしたりしていた。どの赤ちゃんがかれの子どもか、晴子には分からなかった。ひと目で見分けられると思っていたのに。

退院後は、かれの家まで赤ちゃんを見に行った。もちろん、見ることはできない。でも、すぐそばまで、晴子は行ってみたいのだった。眠っているだろうか。ぐずっていないだろうか。お乳はよくのんでいるだろうか。どのくらい大きくなっただろう。かれの妻の体調がおもわしくないのは、噂で聞いていた。とても気になる。赤ちゃんが心配だ。

店にやって来る客のほとんどが男だった。話の早そうな町内のはみ出し者と一丁あそんでやろうとしているのだと、晴子だって承知している。自分はそれくらいの女なんだと思ったら、心持ちが軽くなった。

米屋の長男も来た。晴子とは二歳しかちがわないのに、すっかり中年男になっていた。本屋の兄妹の話をしていった。兄は町内の出世頭で、妹は商店街の中心人物になりつつあるといった。あの妹を嫁にもらえばよかったとつづける。米屋の長男の妻は、店の仕事を手伝いたがらず、米屋の両親とも折り合いがよくないそうだ。

「その上、弟がさ」

馴染《なじ》みの女にささやくように、米屋の長男が声をひそめた。

「わるい連中とつるんじゃって」

高校はようやく出たが、仕事もせず、ふらふらしているのだという。

「……ああ、そう」

晴子は目を落として、うっすらと笑った。米屋の次男もこの小さな店の常連だ。棒つき飴やガムなどを買って、晴子と少し話をしていく。

「でも、働き出したんでしょ？」

「親父に車を買ってもらうのを条件にね」

それでまた、女房がへそを曲げて、という米屋の長男は、そんなふうにしか女を口説《くど》けない男のようだった。


三月二十四日。午前三時。晴子はレジ台についていた肘を外し、丸椅子から立ち上がった。店の明かりを切って、薄いコートを羽織る。玄関から外に出た。ちょっと迷って、鍵はかけなかった。スイカズラの根もとに鍵を埋めた。丁寧に土をかぶせる。手に付いた土をはらって、コートのポケットから煙草とライターを出した。顔を傾け火をつける。深く喫うと、煙草の先は真っ赤に熾《おこ》る。煙を細く吐き出した。

「一緒に死んでくれないか」

米屋の次男に泣きつかれたのは、日付が変わったから昨日のことだ。鳶《とび》職見習いの米屋の次男はへまをやって親方に叱責《しっせき》されたらしい。態度がわるいと張り倒され、米屋の次男は現場を飛び出した。親に買ってもらった黄色いスポーツカーを走らせたら少し気分がよくなったようだ。ぐんぐんスピードを上げる。カーブを曲がり損ねて、ガードレールにぶつかった。ボンネットが醜くへこみ、塗装も剝《は》がれた。金がかかると思ったそうだ。親にも兄にも兄の妻にもなんていわれるかわからない。手を切った昔の仲間から催促されている借金を、まだ返していないことも露見するかもしれないと、米屋の次男は真っ青な、というより黄みどり色の顔をして、晴子にうったえた。

「……いいわよ」

米屋の次男を絶望から救う方法はいくらでもある。それは、米屋の次男が考えているよりも簡単だ。あなたが思い込んでいるほど、ややこしい事態じゃない。そういってやるのはもっと容易《たやす》い。でも、晴子はそうしなかった。

「ひとはひとだもの」

そうでしょ? と、晴子は笑った。唇をうねらせて、上の歯茎をちょっと覗かせ、声を立てずに。

　かれの赤ちゃんをこの手に抱くための算段を、気がつけば、胸のうちでしていた。あの家に忍び込む隙はいくらでもある気がしてならない。あたしは赤ちゃんを抱えて少し急いで帰ってきて、二階に寝かせて、おしめを換えたりミルクをのませたり、抱き上げて頬擦りしたりする。赤ちゃんがあんまり可愛いものだから、抱っこする手に力が入る。ぎゅうっと、ぎゅうっと、抱きしめて、赤ちゃんの泣き声が聞こえなくなるまで、ぎゅうっと、ぎゅうっと抱きしめたい。

　それをほんとうにやってしまいそうな気がした。明日か、明後日か、あるいはいますぐにでも。だれかに頬をぶってもらいたかった。口のなかが切れるほど、強く。何度も。


　商店街をながめていた。二本の柱にアーチ型の看板が渡っている。ピンクや黄色い花がどっさり張りつけられていた。ようこそ、中央商店街へ。看板の字を読んでから、晴子は口にくわえていた煙草をぷっと吐き出した。地べたに落ちた煙草の火をつま先で踏んで、消す。父も、あの子も、あの商店街のなかにいる。きっと眠っているだろう。

　ボンネットのへこんだ黄色い車が路肩に停まった。素早く助手席に乗り込んだ。車が猛スピードで走り出した。車両進入禁止の商店街を抜けて行こうじゃないかと米屋の次男が提案する。面白いわね、と、晴子が答える。車の窓を開けた。夜空がちぎれた、と思ったら、車は商店街に入っていた。窓から首を出し、晴子はさけんだ。

目をさましたときに見るものを、
恋しい恋しいおかたと思え！

バイバイ。

寄り目インコズ

1

春に出会った男のことを考えている。

かれはミドリが留守のあいだに、合鍵を使って、部屋へ入って来るはずである。後ろ手でドアを閉めたら、面映《おもはゆ》そうにおじゃましますとひとりごち、きっと靴を脱ぐだろう。おそらくボストンバッグひとつの荷物を提《さ》げたまま、しばし所在なくするはずだ。それから深い息をつき、ようやく腰を下ろすのだ。かれがあぐらをかく場所は、たぶん、テレビの真ん前だ。そこは主人の定位置で、きょうからずっと、かれはそこに座りつづける。

「なに？　にやにやしちゃってさ」

添田《そえだ》あずみに声をかけられ、北風《きたかぜ》ミドリははっとした。

「いや。いい天気だな、と思って」

梅雨《つゆ》の晴れ間の青空を見上げてみせる。

「ほんとだ」

羽生田《はにゅうだ》佳織《かおり》も空を仰《あお》ぎ、

「どこまでも飛んでけそうだね」

ちょこまかと足を踏み鳴らし、羽ばたく身振りをした。

三人で少し笑ったあと、また歩き始めた。高校時代の同級生という間柄である。仲よし四人グループだった。残るひとりは国枝久美子《くにえだくみこ》で、かのじょの家に向かっている。皆、三十五歳。会えばかならず、変わらないねえ！　といい合う年になった。

四人のうち、ふたりが家庭を持っている。国枝久美子と添田あずみだ。クーは新婚だが、あずりんは結婚十七年を数える。子どももふたりいる。子どもがいるのはあずりんだけだ。

クーの新居を訪問する日なのだった。クーは結婚と同時にマンションを購入した。新築である。三ＬＤＫを二戸、壁を「ぶち抜いて」、くっ付けたそうだ。

「そのわりに新婚旅行がハワイってベタじゃない？」

あずりんが道々、いった。クーの新居は鉄道駅から中途半端に離れている。そりゃ高級住宅街かもしれないけど、アシのないあたしたちには不便な場所よね、とさっきも文句をつけていた。

「わざとベタをやってんだって」

そういうのが素敵だと思ってんだよ。羽生田佳織がペコちゃんみたいにふくらんだ頰に笑みを浮かべる。帽子をかぶり直した。こびとの妖精がかぶりそうな三角形の帽子だ。星や花のモチーフがごてごてと張り付いている。

「なにその事情通みたいないい方」

すっかり業界人じゃないの。ハンカチで額や鼻の下の汗をおさえながら、あずりんが呟いた。かろうじてボタンのはまったサマー・スーツを着込んでいる。これ、義姉《ねえ》さんに借りたの、と何度も繰り返した科白《せりふ》をまたいい出しそうな口元をした。あのひと、鶏《とり》ガラみたいに痩せてるもんだから、という言い訳も出てきそうな唇は厚く、やや突き出ている。

「そんなことないよう」

数歩先を歩いていたペコちゃんがワンピースの裾《すそ》をひるがえして振り向いた。花柄のタンクトップに、提灯袖《ちょうちんそで》のミニ・ワンピースを重ね、ラメの入った七分丈レギンスを合わせている。

「全然普通の意見だよ?」

顔の前で手を振った。むちむちした二の腕の肉が柔らかそうに揺れる。

「そりゃまあ、カタギじゃないけどね」

まんざらでもなさそうに短い首をすくめた。

ペコちゃんはイラストレーターだ。雑誌の星占いにイラストをつけたり、ハウツー・ブックなどに挿絵《さしえ》を描いたりしている。いずれも発行部数はかなり少ない。それだけでは暮らしていけないから、昼間はウエイトレスをしている。夜はバーになるオシャレカフェだそうだ。電車のなかでもいっていた。へえ、オシャレ、と顎を引いてみせたのはあずりんで、その帽子もオシャレなの？　と真顔で訊いた。

「ペコちゃんの意見は、カタギのわたしでも普通だと思うよ？」

ミドリはさりげなく口を挟んだ。ペコちゃんの肩を持っているとあずりんに思わせないよう、なるべく明るい声を出した。ゆるんだ表情をあずりんに指摘された、最前のばつのわるさも残っている。

「そんなもんなの？」

ふうん、そんなもんなんだ。あずりんはこっくりとうなずき、ミドリの全身をさっと見た。襟の小さな半袖シャツに細いデニムという恰好を顎でしゃくり、

「で、それも、『そんなもん』なの？」

と訊く。

「くだけすぎじゃない？」

このひとは、と、ペコちゃんに目を転じた。

「歳とかTPOとか既に関係ないけど、ミドリは学校の先生じゃないの」

「そんなの、それこそ関係ないよ」

短い髪の毛に指を入れ、ミドリは薄く笑った。公立高校の教員である。いわゆる安定した職に就いていることを、いま一緒にいる古くからの友人の前では浮き上がらせたくなかった。しかし。

「ボーナス、出たの？」

ペコちゃんが思い出したように訊いてくる。

「一応」

と答えるか答えないかで、

「いーなー」

わざとらしくため息をこぼされた。

「ペコちゃんは、才能を仕事にしてるんだからさあ」

といったら、

「才能もいかしてないのに、ボーナスがぱっとしないうちの旦那ってどうなの」

あずりんが突き出し気味の唇をさらに突き出していう。

「あと、あたしだけ、どこからどう見てもミセスのファッションって感じなんだけど」

腰に手をあて、胸を張った。若草色のサマー・スーツを誇示《こじ》する。

ミドリは口ごもったが、

「あずりん、そうしているとイオンのチラシに出てくるひとみたいだよ」

ペコちゃんが妙に子どもっぽい笑い声を立て、手を叩いた。あっ、また微妙なことを。

ミドリはペコちゃんの鈍感さに歯嚙《はが》みしたくなったが、とうのあずりんは、気分を持ち直したようだった。フッ、フーン、と、イオンのコマーシャルの最後に流れる曲を口ずさんでいる。


あずりんは十八歳で結婚した。

高校を卒業してすぐだった。三年生の三学期には妊娠していた。相手も同学年だった。

ミドリがよく覚えているのは、あずりんから結婚を報告されたファミレスの夜である。

相手の男も同席しており、要は、かれの心意気を聞く夜だった。

「おれはどんなことをしてでも、こいつらを路頭《ろとう》に迷わせない」

あずりんのまだ薄い腹部に手をあてがって、かれは語った。あずりんは、はにかみながらも、どう？　というふうにミドリたちを見回した。

未成年だったが、高校も卒業したし、今夜はお祝いだしということで、あずりん以外はみんな、酒を頼んでいた。ペコちゃんは、からだは小さいが、いくらでも呑めるタイプだとこのとき知った。

クーはほんの三口で目のふちを赤くした。それが適量だと思ったようで、以降、かのじょは、目のふちがぽうっと赤くなるところまでしか酒を呑まない。

ミドリも酒を呑むのは初めてだった。美味しいとは思わなかった。でも、ジョッキ一杯を頑張って呑み干したら、からだも胸のうちも怖いほどほぐれた。なんでもいいや。ま、いっか。普段ならまず出てこない言葉が口から溢《あふ》れそうになる。

わたしの適量は、もしかしたら、クーと同じなのかもしれない。

クーの家に向かいながら、ミドリはぼんやりと思った。

でも、だんだんと強い酒を好むようになっていった。つい過ごしてしまうこともある。酒に関してだけは、だらしないところがあった。そう、酒に関してだけだった。今年の春までは。

かれと出会うまでは、と思い直したら、ペコちゃんと目が合った。なんとなく視線をはずしたら、

「ほら、あそこじゃない？」

あずりんが地図を片手に高層マンションを指差した。

2

ドアが開き、クーのおだやかな笑顔が現れた。真新しいスリッパをすすめ、三人を居間に案内する。

広々とした空間だった。ソファと、テーブルと、大画面テレビしかないように見える。よくよく見たら、ガラス戸棚があった。観葉植物もあった。

「スイートルームみたいだね」

テレビで観たことあるよ。ペコちゃんが脱いだ帽子を両手で持って、上気した丸い顔を扇《あお》いでいる。

「暑い？　冷房、下げる？」

キッチンでお茶の仕度をしていたクーが声を掛けた。

「ぜんぜーん」

ペコちゃんは三角帽子を折り畳《たた》んで、トートバッグにしまった。ソファの背もたれに後頭部を乗せ、お腹の上で手を組む。……はあ、と息を吐き、酔っぱらったみたいに気持ちいい、と呟いた。眠り人形のように目もつぶった。化粧気のない、そばかすの散った丸顔をミドリはながめる。

「ペコちゃんて、なに考えてるか分からないよね」

といったら、

「なにも考えてないんじゃない？」

あずりんから即答が返ってくる。物事をいちばんよく考え、分かっているのは自分だというふうに咳払いした。背筋を伸ばしている。膝に手をおき、揃えた足は斜めに流す。その手も膝も踵《かかと》もかさついているのに、ミドリはとっくに気づいていた。

「あたしだって、考えてるよう」

目をつぶったまま、ペコちゃんがくすくす笑いをした。ミドリがうなずく。

「なに考えてるか分かんないから、ペコちゃんはもてるんだよね」

「だから、それもこれも、なにも考えてないからだって」

すまし顔をこしらえて、あずりんはミドリに釘《くぎ》を刺《さ》した。

「数をこなすのと、もてるのとはちがうからね」

「数って！」

ペコちゃんが噴き出した。目を開け、むっくりとからだを起こして、あずりんに向き直る。

「そりゃ、たったひとりしか知らないひとからしてみれば多いかもしれないけど」

使い込んでるかどうかってことになると、話は別だよ？　ペコちゃんがあずりんに物申した。

目の上でぱつんと切った厚めの前髪を振りながら、ペコちゃんがあずりんに物申した。ペコちゃんはたまにぎょっとするほどグロいことを平気で口にする。

「……結婚したら、そういうのはあんまり熱心じゃなくなるものなの」

あずりんが早口でいった。ペコちゃんが愉しそうに訊く。

「あずりん、レスなの？」

真正面を見据えたまま微動だにしないあずりんを見て、

「レスなんだ」

と小さな舌をぺろっと出した。子どももふたり産んでるしね、もういいか、そういうのは、と手を叩く。

ミドリは眉間《みけん》にしわをそっと入れた。ペコちゃんの下品さは独特だ。奔放《ほんぽう》とか無邪気《むじゃき》と見るひともいるだろうし、不思議ちゃんの一種で片付けるひともいるだろう。

けれどもミドリはペコちゃんをあえて「なにを考えているか分からないひと」だとしたい。たべたり呑んだりセックスしたり、そういう獣《けもの》っぽい部分に依《よ》って生きている感じがする。それがあずりんにいわせれば「なにも考えていない」ことになるのだろうが。

ひきかえ、わたしは、と、ミドリは胸のうちで自分自身を振り返った。酒か男なしでは獣っぽくなれない。なにも考えないでいられるのはそのときだけ、とつづけて思えば、目の奥が熱くなる。まぶたに手をやったら、

「そういう意味でいえば、ミドリなんかはすごくキレイなはずよね」

あずりんが硬《かた》い声でいった。

「うん、ミドリはすごくキレイそう」

お腹を抱えてペコちゃんが笑う。超キレイかも、とひとしきり足をばたつかせたのち、ね、ミドリと、ミドリの肩に手をおいた。

「なにいってんの」

ペコちゃんの手をはずし、ミドリはかぶりを振った。知ってるくせに、と口のなかでいう。

「ミドリだけはキレイでいてもらいたいもんよねえ」

銀色のお盆に紅茶の道具一式を載せて、クーが居間にやってきた。明らかに高級そうなポットから、これまた見るからに高級そうなカップに紅茶を注《そそ》ぐ。

「どうぞ」

三人の前に皿付きカップを置いて、ペコちゃんの隣に座った。

「オセロみたい」

ペコちゃんが高い声を出した。

「あたしたち、既婚者に挟まれちゃったよ」

とミドリの肘を小突《こづ》く。


クーが結婚したのは、ひと月前だ。

親類縁者をたくさん招き、ホテルの中庭でパーティをひらいた。たいそう賑々《にぎにぎ》しかった。新郎は、ＩＴ関係の会社を経営しているそうだ。

クーは、袖なしのシンプルな（だけど、上等な生地なのはひと目で分かる）ウエディングドレスを着て、肘の上まである白い手袋をはめていた。太り気味だった高校時代が嘘のようだった。痩せて洗練された印象を受ける。

あずりんは緊張していた。このときも兄嫁から借りたスーツを着ていた。真珠の首飾りもイヤリングもバッグもみんな借り物だった。

ペコちゃんはただうっとりとしていた。だって、美味しいものでお腹はくちくなっているし、お酒は呑み放題だし、雰囲気もなんだか上流社会っぽい。

そうしてミドリはといえば、もっとシャンパンが呑みたかった。もっともっと呑みたかった。淡い金色のあぶくで、からだじゅうを満たしたいというような。
あれのときみたいに。そう思ったことをくっきりと覚えている。かれの背なかに腕を回し、肩口に頬を擦り付けた感触がからだの深いところにじん、ときた。かれの肩には薄茶色の小さなイボが散らばっている。そうして、目の下に垂れた涙袋の、ちょっといやらしい感じときたら。

3

遅ればせながら、三人から結婚祝いが贈呈《ぞうてい》された。

「こういうの、欲しかったの」

クーはそういって、おっとりと微笑した。三人が贈ったものは、卵焼き器とおろし金《がね》だった。どちらも銅製で、合わせて二万円なり。ミドリがネットで購入した。ペコちゃんの手づくりカードとともに、鉄道駅であずりんに渡しておいた。

贈呈係のあずりんは、一生モノといって、髪を耳にかけた。ちら、とミドリに視線を寄越《よこ》す。黒目だけを器用に動かした。

あずりんの視線を受け止めてから、ミドリも黒目を滑《すべ》らせて、クーを見た。クーはペコちゃん手づくりのカードに見入っていた。

長い髪をひとつに括って、すっきりとした横顔、ことにシャープな顎のラインをアピールしているようだった。深い襟ぐりのトップスに、幅の広いパンツ。銀の匙《さじ》をくわえて生まれて来たみたいだ。

「ペコちゃんの描く女の子って、みんなペコちゃんにそっくり」

と、ペコちゃんに微笑みかける。クーは銅製の卵焼き器やおろし金よりも、古くからの友人が腕によりをかけた手づくりカードのほうを喜んでいるようだった。いかにも品物より真心を大事にしているふうで、ミドリの胸の奥がざわめき出した。わたしだって、という心持ちになる。いや、むしろ、わたしのほうが。少なくとも、男の価値をお金や地位に求めてないし。結婚だって求めてないし。

「えー、そうかなー」

ソファの上で体育座りを始めたペコちゃんの言葉にかぶせるようにして、

「そう。ペコちゃんの描く女の子は、うん、ペコちゃんにそっくり」

といった。張った声が出た。

「どうしたの、急にテンション上がっちゃって」

めずらしいね、ミドリ。ペコちゃんが、ふうん、と唇をすぼめる。

ペコちゃんの描く女の子はいつも裸だ。

目の上でぱつんと切った前髪の愛らしい顔立ちの女の子が、幼児体型で描かれる。女の子は短い手足を伸ばして、部屋のなかで大の字になる。外に出かけて、花を摘《つ》んだりする。湖で泳ぐこともあり、マフラーだけを巻いてスケートに興じたりもするが、共通するのは、つねにひとりきりだということだ。女の子はひとりであそび、ひとりでたらふくご飯をたべ、酒を呑み、ぐうぐう眠る。

ペコちゃんの男出入りがはげしくなったのは、二十歳《はたち》をすぎてからだった。ミドリが思うに、そのあたりから、ペコちゃんは素の自分をおもてに出し始めた。

ダイエットもしなくなったし、いっぷう変わった帽子をかぶり始めたし、本気でイラストレーターを志《こころざ》すようになった。そしたら、いい寄ってくる男が湧《わ》いてくるように出現し出した。それは、石をどかしたら、隠れていた虫たちがわらわらと出てくるようすによく似ていた。

ペコちゃんは、きっと、石をどかしたのだ。かのじょを押さえつけていた漬け物石みたいな重たいのを、あの指の付け根にくぼみができる小さな手で。

ミドリは視線を下げ、筋張《すじば》った自分の手をちょっと見た。口元がゆるんだ。かれのことを考える。この手がいいといってくれた。ほら、ここの青い筋。血管。ミドリの手の甲《こう》をなぞった男の指だって細くて長くて絶品だった。

「……あんまり入れ込まないほうがいいと思うよ？」

ミドリはさ、だって、免疫《めんえき》とかないじゃん？

ペコちゃんの言葉を思い出した。

ミドリが今年の春に出会った男のことを打ち明けたのは、ペコちゃんだけだった。クーの結婚披露宴のあと、ふたりで居酒屋に行った。ペコちゃんはビール、焼酎《しょうちゅう》なんでもござれで、どんどん呑んだ。馬刺《ばさし》やなまこ酢、はては鮭茶漬けまでたいらげた。ミドリはほとんどたべなかった。ウイスキーを生《き》で呑みつづけた。手洗いで吐いて戻って来たら、ペコちゃんがいった。

「そんなにイイんだ？　その男」

ただでさえふくよかな頰が、酔いと満腹のせいで、いつもよりふくらんで見えた。

「ミドリをそんなにめろめろにするなんて、一度でいいから見てみたい」

超見たい。そういって、けたたましく笑った。

ペコちゃんは、ペコちゃんが描く女の子みたいに、基本的にひとりが気に合うんだろうなとミドリは考えた。酔いが深くなった頭に、可哀想、によく似た言葉を浮かべたことは覚えている。

4

「また裸だ」

あずりんが身を乗り出して、クーが持っているペコちゃんの手づくりカードを見ながらいった。

「なんで、裸ばっかり描くの？」

と訊く。

「仕事では描かないよう」

体育座りをしているペコちゃんはミニ・ワンピースの裾を引っ張り、ふくらはぎまで生地を伸ばした。

「そういう依頼がないだけでしょ？」

パンツくらいはかせなさいよ。出てるじゃないの、と正面の窓に視線を合わせて、あずりんがこめかみに筋を立てる。ペコちゃんが反駁《はんばく》する。

「具は出てないよ？」

「出てたら大変じゃないの、そんなもの」

毛だけでもいやらしいのに。あずりんが教育上よろしくない、ということを口のなかでいったら、

「ペコちゃんの描く毛なら可愛いと思うけど？」

クーがゆるやかな笑みを広げて、とりなした。そうじゃなくて、とあずりんが首だけをクーに向ける。

「新婚家庭を訪《たず》ねてする会話じゃないってことよ」

失礼よ、さっきから。常識はずれもいいかげんにしてもらわないと。あたしたちはペコちゃんみたいに才能がある表現者じゃなくて一般人なんだから。あずりんは一気にいった。

「でも、失礼な話題をあたしに振ったのはあずりんだよね？」

ペコちゃんがミドリを見向く。ミドリがかすかにうなずいたら、

「だからって、野放図に乗っかっていいわけじゃないでしょう？」

あずりんの声はほとんど金切り声だった。

「テンション、高っ」

ミドリといい、あずりんといい、どうしちゃったの？　ペコちゃんが目を丸くしてみせる。でも。

「……まあ、ミドリはしょうがないとして」

と短い腕を組んだ。

「どうして、ミドリはしょうがないの？」

クーがカップを持ち上げ、首をかしげた。

ペコちゃんが、唇だけで「いっていい？」とミドリに訊《たず》ねた。ミドリが答える前に、

「ミドリは最近、ちょっぴり情緒不安定なんだ」

ペコちゃんは明瞭《めいりよう》な発音でいった。

「だって、恋しちゃったんだもの」

と組んでいた腕をはずし、胸もとで交叉《こうさ》させる。

「恋？」

「恋？」

「ミドリが？」

「ミドリが？」

ソファの両端に座った既婚者ふたりの発言が山彦《やまびこ》のようにこだました。しかも！　とペ

コちゃんは得意そうにひと差し指を立てる。

「大人の恋だし」

明瞭な発音でさらにつづけた。

「三十五にしてミドリも女になりました」

両脇のミセスたちに向かってお辞儀する。

まるでその道の保護者のようなペコちゃんの振る舞いをよそに、ミドリは耳の付け根まで真っ赤にしてうつむいた。余計なことを。舌打ちが出そうな反面、でも、ペコちゃんが切り出してくれてよかったと、どこかで思った。できれば、もっといってもらいたいくらいだ。


ミドリは異性と交際したことがなかった。

機会がなかっただけだと思っている。男ぎらいでもないし、潔癖性《けつぺきしよう》でもない。容姿だってそうわるくないはずだし、性格面でも取り立てて難はないはずだ。友だちもいるし、同僚ともうまくいっている。勤務する高校では放送局の顧問《こもん》をやっていて、全国高校放送コンテストでは入賞も果たした。でも、恋人はいなかった。ミドリは彼氏持ちになってみたかった。

とはいえ、自分から働きかけるのは、なんとしても厭《いや》だった。そんなことまでしたくない、とミドリが考える「そんなこと」の幅《はば》はわりと広く、好意を抱いていると相手に気取られる行為すべてが含まれる。笑顔で挨拶すること、興味深げに相槌を打つことなど、ミドリ自身が思い返しても、え、そこまで？ と少しびっくりするほどだ。

でも、実際には、なにもかもが「そんなこと」に入るのだった。気になるひとが近くを通るだけで、からだも心も硬直《こうちょく》する。わたしはいまとても恥ずかしい状態だと思われ、すると、ますます恥ずかしくなる。いい年して、と自分自身に突っ込みを入れ、普通に、普通に、と声をかけても、強張《こわば》りはとけない。

高校も大学も共学だった。告白された経験ならある。

ミドリを好きだといってくる男たちは、ミドリからしてみたら、おしなべてつまらない人物だった。わたしって、この程度なの？ と思わず自問自答するようなレベルに感じた。

どういう男なら満足するのだ。こう自問してみても答えられない。しかし、ミドリにい寄ってきたかれらではないことは確かだ。とても確かなのだが、正解は分からない。

ミドリがひそかに胸に抱いた好意が、相手にばれてしまうケースもあった。まず周囲に気づかれ、それが相手に伝わるケースもあった。

よほど不自然な態度をとってしまっていたのだろうとミドリは後悔する。恥ずかしくて、だから、相手が誘って来ても断ってしまう。同情された気がしてならない。気の毒に思われたのでは立つ瀬がない。

いや、そうじゃなくて。わたしというひとは、そういうんじゃなくて。

ひとりでいるとき、ミドリは自分自身を分析する。結論は決まっている。わたしは、ひとを、ほんとうに好きになったことがないんだ。ひとを好きになれない種類の人間なのかもしれない。

この結論にいたるまで、ぐるぐるぐるぐるミドリは考える。自己分析は嫌いではなかった。言い訳に似ている気がしないではない。でも、自己弁護ではなく、自己分析だとしているのは、プライドのなせるわざだ。だからこそ自分について考えるのが好きなのだと、ミドリは、こう、筋道を立てている。

仕事中でも、わたしというひとについて、ゆっくり考えたくなるときがあった。教員としての経験と、女としての経験の深さの差が毎日ちょっとずつひらいていく感触がある。早くひとりきりになって、そして思う存分、考えたい。自分のことを。周囲のひとが知っている「わたし」を脱いで、裸になりたい。

いつしか、自己分析のおともに酒は欠かせなくなっていた。手っ取り早く裸になれるよい方法だった。仕事を終えて、独り暮らしの部屋に帰る道すがら、自動販売機でカップ酒を買う。我慢できなくなって、呑みながら歩く。こんな姿を生徒や保護者や同僚、上司に見つかったら大変だと思うが、止められなかった。

一本呑み切るころ、公園に差しかかる。コンビニもある。そこに寄って、カップ酒を購入し、公園の手洗いに入り、呑むこともあった。さっきまで歩き呑みをしていたくせに、急に人目を気にするなんて。ミドリだって可笑しい。気にするくらいなら呑まなきゃいいのだ。ミドリが暮らすコーポはすぐそこだ。五分もかからない。でも呑みたい。もう少し呑んだら、ま、いっか、と思えるはずだ。身に付けていた最後の一枚を早いとこ脱いでしまいたい。

その男に声を掛けられたのは、四月十一日だった。公園の手洗いから出て来たときだ。

「呑むなら、もっとましなところで呑もうよ」

男は五十近くに見えた。背も高くないし。小太りだし。スーツは着ていたが、着ているというだけだった。ネクタイも締《し》めていたが、締めているだけで、全体的に薄汚れていた。目の下の、たっぷりとした涙袋が歳のせいで垂れていた。

5

「売れない演歌歌手のマネージャー兼歌謡ショーの司会者なんだって」

全国を営業で回っているらしいよ。ペコちゃんがミドリの男のことを既婚者ふたりに話している。

「やだ。大丈夫なの？」

あずりんが眉をひそめた。

「ミドリには似合わない感じがするけど」

ねえ？　とクーに同意を求める。

「まあ、ね」

クーが足を組んだ。

「似合わないといえば、似合わないけど」

ミドリがイイならしょうがないわね。すっかり冷めた紅茶をのんだ。ミドリものんだ。うなずくでも、首を振るでもなく、うっすらと笑っている。ペコちゃんが説明したかれのプロフィールは、思った以上に胡散臭《うさんくさ》かった。だけど。

とても、いいのだ。

その男は、とてもよかった。

端的にいえばセクシーだった。小太りのくせに指や手首の末端が細くきれいで、からだを重ねると、ぶよぶよとした肉越しに感じる骨もきっときれいだと思われる。

衣服を身に付けているときよりも、脱いだときのほうが、存在感がある。性には未熟なミドリにいちから教え込んだ。

恥ずかしがらなくていいということを、声と指で根気よく説得した。皮膚にまとわりついてくるような音色の低い声でささやき、ゆっくりゆっくりした指の動きでミドリを昇らせた。

初めて昇り切ったときの感覚をミドリは忘れられない。

すごく、よかった。初めて酒を呑んだときより、頭もからだもほどけていった。門をくぐったようだった。なんの門かは分からない。終わりというものを見たような気もした。なんの終わりかは分からない。しかし、繰り返される質《たち》のものだとすぐに分かった。何度でも終わる。

6

気がつけば、広々とした居間は無音だった。

ミドリの沈黙がほかの三人に伝染したらしい。

いいかけたミドリをペコちゃんが嘆息《たんそく》で遮《さえぎ》る。ふう。

「あの、じつは」

「いま、超エロい気が飛んでこなかった？」

あたし、むらむらしちゃった。こいつめ、と、ミドリの肩を叩いた。こいつめ、こいつめ。小さなこぶしで痛くないように叩くペコちゃんの黒目が濡れている。

「なんだか、不妊治療に通うのがばかばかしくなってきたわ」

眼球をあてどなく動かし、クーがいえば、

「ばかばかしくなんかないわよ」

あずりんが猛然と抗議する。子どもって可愛いのよ、といっておいて、自分の語彙《ごい》の貧しさに落胆したように息をついた。つまり、その、といいよどむ。

「エロいほど可愛いの」

「子どもが？」

とペコちゃん。

「でも、その子どもを授《さず》かるためにする行為はどんどんエロから離れるんだけど？」

クーが抑揚《よくよう》なくいった。

「新婚なのに？」

ミドリが訊く。

「結婚したからかもね」

と答えたのは、クーか、あずりんかはっきりしない。ひょっとしたらペコちゃんかもしれない。そのとき、ミドリは放心していた。居合わせた古くからの友人の目をぼんやり見ている。動いたり、動かなかったりする黒目だ。まぶたが下ろされ、そして、上がり、まばたきとなる。

以前、飼っていたセキセイインコを思い出した。

二十八か九のころで、ふとペットが欲しいと思ったのだった。小さな生き物を愛玩《あいがん》したくなった。

ペットショップで買ったのは、ブルーのセキセイインコだった。頭部は黄色で、鼻の穴の部分は青で、目と頰の一部が黒い。

セキセイインコは意外と表情が豊かだった。ただ黒くて真ん丸だとばかり思っていた目が、大きくなったり小さくなったりする。それにつれて周りを縁取《ふちど》る白目の分量も変わる。

愉快だったのが、えさをたべるときだった。

セキセイインコの目は頭部の両横についている。普段はどこを見ているのか分からないが、えさをたべるときは、ものすごくえさを見ていることが分かった。寄り目になって見えるからだ。ミドリは笑いながらセキセイインコに話しかけた。そのえさ、そんなに美味しいの？　そんなに夢中になるほどに？

7

間延びした空気が流れている。

クーに案内させて、新居を見て回ったあとだった。

午後四時になろうとしている。

きてまだ二時間も経っていないんだとミドリは思った。思い浮かべた二時間という言葉で、彼のことが胸をよぎる。安いラブホテルで過ごす二時間の時間の厚みを考える。その男の肌合いが這い上がってくる。

「テレビ」

せっかく立派なのがあるんだから、付けてよ。あずりんがクーにいった。クーは台所にいた。ワインを選んでいる。クーの夫は海外出張中のようだった。ゆっくりしていってい いのよ、いっそ泊まっていっても、と二度ほど、いっていた。

赤ワインのボトルを手にクーが居間に戻ってくる。ワインオープナーも持っていた。

「開けられるひと、いる?」

と訊く。ワインの栓抜《せんぬ》きはクーの夫の仕事なのだとミドリは察した。

「ボトルをまたに挟んで固定すれば簡単だよ」

ペコちゃんがまかしとき、とふくよかな頬を輝かせて、いった。

「ねえ、テレビ」

こんな大画面で観たことないのよ。あずりんがクーにねだる。ワインボトルをまたに挟んだペコちゃんが小さな手でワインオープナーを握りしめ、ごりごりコルクに埋め込んでいくさまをミドリは見ている。

「うまいね、ペコちゃん」

「いつもひとりでやってるからね」

「次のニュースです」

いやに滑舌《かつぜつ》のいい男の声が割って入った。アナウンサーの声だった。平凡な顔立ちが大画面いっぱいに映っている。ペコちゃんも手を止めて、大画面に目をやった。迫力あるね、と呟く。アナウンサーがつづける。

「寸借詐欺《すんしやくさぎ》で全国に指名手配されていた男が逮捕されました」

梅田一成《うめだかずなり》(54歳)。年の割には豊かな頭髪の男の写真が大写しになる。薄い眉に、一重瞼。あ。ミドリの口から骨伝導みたいにこもった音が漏れた。カチカチと歯と歯を合わせるような音だ。振動がじかに内耳に伝わるようにミドリのからだ全体に素早く伝わっていく。かれの目の下にはたっぷりとした涙袋が垂れていた。

「しょぼっ」

ペコちゃんが鼻で笑って、コルク抜きを再開した。

捕まった梅田一成(54歳)は、電車のなかで財布をすられて、ふるさとに帰れないなどと騙《かた》り、ひとの善意につけ込んでは、一回千円からせいぜい四万円ほどをせしめていたそうである。積もり積もって七百万になるらしい。

「……七百万か」

あずりんがしみじみといった。

「七百万で人生を棒に振るなんて」

というクーを黒目をキロッと動かして見る。

「そりゃクーにしてみたら、はした金でしょうけど」

くってかかった。

「はした金じゃないわよ」

ただ、と、クーはここで間をとった。

「この事件は『はした』よね」

「『はした』?」

端、という漢字をクーは宙に書いてみせた。ミドリも心中でその字を機械的に書いた。

「しょぼいってことだって」

ポン、とコルクを抜いて、ペコちゃんがうなずく。

「やるなら、でかいことをやれっつうのよ」

という声はずいぶん低かった。え。ミドリの口から、また骨伝導みたいな音が出た。一瞬にして、からだじゅうに伝わる。ペコちゃんをじっと見た。焦点が合わなくなり、短いまばたきをする。目が寄っていくのを感じる。目の玉の裏側までうずうずとする。喉の奥とか、食道とか、直接触れられないところが、じっとしていられないというように動き出す。

ペコちゃんのものいいには、独特の親しみがあった。

まるで、と、ミドリは言葉にせずに思った。

クーの結婚披露宴のあと、ペコちゃんとふたりで寄った居酒屋で、ペコちゃんのいったことの断片が、頭のなかで再生される。

「その筋のひとなんじゃないの？」

「きっと、過去は黒いよ？」

「その男のいってること、どこまでほんとうか分かったもんじゃないよ」

「過去じゃなくて、いまも黒いかも」

「ていうかさあ」

「そういう男に、あたしも引っかかったことあるもん」

「イイんだよね、すごく」

「一緒に住みたくなったんだ」

「黒いったって、夜はいつでも黒くて暗いじゃん？」

「でもって、夜は毎日やって来るじゃん？」

「なきゃ、困るじゃん？　へんじゃん？　そういうの」

「なきゃ困るものが増えるのって、苛つくんだよね」

「だから、切った」

「面倒くさいのは厭なんだよう」


「それ、いつごろ？」

ペコちゃんに訊いた。太い声になった。懐《ふところ》にしまっておいた匕首《あいくち》を確かめるような声だ。

「あ？」

ペコちゃんがミドリを見上げる。座っているから目線の高さはほぼ変わらないが、ペコちゃんと目を合わせると、見上げられている感覚になる。

「前にいったでしょ？　ほら。『一緒に住みたくなった男』。あれ、いつの話なの？」

いつなの？　ほら。いったよね。いったじゃない。ミドリはペコちゃんの肩をつかんで、揺さぶった。目が中央に寄っていって、少し痛い。

「……ああ」

腑抜《ふぬ》けた声を発するペコちゃんの目も寄っていた。

「去年か、おととし？」

忘れちゃったよ。ペコちゃんはミドリに揺さぶられたなりになりながら、へへへと笑った。

「忘れられないけどね」

と独白する。匕首ならこっちの懐にもあるんだよという声だとミドリは感じた。というより、とっくに衣服を切り裂かれ、丸裸にされたみたいだ。

「なんの話？」

あずりんが、興味津々と顔に書いてミドリに訊ねる。やはり目が寄っていた。大好物のえさを貪《むさぼ》るインコみたいに白目の分量が少ない。おまけにチキチキと小刻《こきざ》みに首を左右に動かしている。ミドリが小さく鼻を鳴らしたら、なんでもない、とペコちゃんが答えた。なんでもないの、とミドリも答える。

「……じゃあ、なんでもないわね」

クーがワイングラスをテーブルに置いた。

「テレビ、もういい？」

あずりんに確かめ、テレビを消した。大画面を見やるクーの黒目もどことなし寄っている。というより羽繕《はづくろ》いに入ったようだ。くちばしで器用に剝《む》いたえさの殻《から》が積もったような沈黙が広々とした居間を満たす。

第一、名前がちがっている。

顔もなんとなくちがう。

髪や、眉や、目の下の涙袋など、特徴も年齢も「合って」いるが、寸借詐欺の犯人は、かれではないとミドリは思う。

いや、正確にいうと、「思いたい」と思っている。

梅田一成(54歳)は、たぶん、かれだ。

なぜなら。ミドリは自己分析をするように、かれのことを考えた。なぜなら、とワインを啜った。固体をのみ込むようにして喉に落とす。努めて冷静に、とそれだけ考えている。分析ならお手のものだ。なぜなら、かれは。

ひとの心の隙間《すきま》にすっと寄りそうようなところがある。それは、つまり、セクシーということなのだ。持って生まれた能力だと思えてならない。かれはその能力をいかし、そして技術を磨いたのだ、きっと。

かれは対する者を寄り目にさせる。へんだな、と思っても、そういうことを考える自分のほうがへんだと思わせる。

でも、わたしは一円だってお金を取られなかった。そうミドリは思い、そしたら、プライドをはたいたような気になった。この結論に達したくて、かれのことを考え始めたようなものだという気もちょっとする。

一緒に暮らしたいと切り出したら、結婚はできないよ、と、断りを入れられた。戸籍上の妻がいると、そのとき知った。女房には迷惑を掛けたから、自分の勝手では別れられないという。

「それでもいいか？」

くるぶしを撫でられながら、芝居がかった科白《せりふ》をささやかれ、ミドリは、何度もうなずいた。

かれが夜のように黒くても、夜が黒くて暗いのは当たり前だ。長く暗く黒い夜の肩に腕を回して、からだを重ね、ひとりじめできるなら、それでいい。

「……ミドリがそんなにいうんなら」

おれもやり直してみるか。

かれは日に焼けた、こめかみあたりに染みの浮き出た茶色い顔で笑ってみせ、いまの仕事をやめるといった。皿洗いしてでも、工事現場でツルハシ振ってでも、とつづけた。

できっこないな、とミドリは頭の片隅で思った。「してでも」の「でも」が怪しい。きっとわたしが面倒をみることになるんだろう。こんな予感が絵の具を溶かすように広がった。しかし、それでもよかったのだ。わたしというひとについて、ぐるぐるぐる考えるのは、もうたくさんだった。男をひとり手に入れればいいだけのこと。それで解決すること。そう思った。それがたぶん、正解だと。わたしをこんなに夢中にさせるのは、かれだけだ。

ああ、そうだ。あのときもインコのことをふと思った。

えさを夢中でたべるセキセイインコは愛らしかった。そのすがたと自分がぴたりと重なった。えさのことしか考えていない、わたし。

「どこ見てんの?」

あずりんに声を掛けられ、ミドリは我に返った。途中で起こされたような心持ちになる。まだ夢をみていたかったのに。舌先で歯の裏側をなぞった。出がけに磨いてきたのに厚ぼったかった。

8

ワインボトルが空になった。

ペコちゃんとミドリとでほとんど空けた。

「もっと、呑む？」

いくらでもあるわよ、と言外に含み、クーが訊ねる。

「もう、帰るから」

にっこり笑って、ペコちゃんがいった。

「あたしもそろそろおいとましないと」

カレーはつくってきたんだけど、早く帰らないと非難囂々《ひなんごうごう》なのよ。あずりんが突き出した唇に手をあてて、浅く笑った。

「ミドリは？」

ゆっくりしてっていいのよ。なんなら泊まってても。クーが口にした二度目の誘いにミドリは首を横に振った。

「帰る」

「帰るんだ？」

ひとりの部屋に？　ペコちゃんの黒目はまだ濡れていた。ミドリは、あくびをするときみたいに口を開けた。いったん閉じて、また開けたら、

「わたしの部屋に」

と答えていた。かれは、きょう、ミドリのコーポに来る約束になっている。合鍵も渡してある。かれのてのひらに鍵を落としたときに立ったなまあたたかな音が耳のなかで聞こえた。

「じゃあ、一緒に帰りましょう」

来たときも一緒だったんだし。あずりんがこともなげにいった。

「あー、なんか、夢中でお喋りしちゃった」

ペコちゃんがそういい、えさを頬張っているみたいにね、とミドリは胸のうちで呟いた。以前飼っていた愛らしいセキセイインコがまぶたの裏をよぎる。もっと美味しいものをたべさせたくて、粟玉《あわだま》をあたえた。剝き粟に卵なんかをまぶした栄養満点のえさだ。愛らしいセキセイインコは元気いっぱいになり、ミドリの指に止まっては、お尻を振るようになった。飛び立ったあと、白い液体がミドリの指に残る。愛らしいセキセイインコは雄で、そして、発情していただけだった。

「愉しかったわ」

クーの声が耳に入った。ミドリは顎を撥ね上げた。ダイナミックな反転が胸のうちで起こっている。愛らしいセキセイインコは、わたしか、かれか。

「ありがとう、来てくれて」

クーがいった。

「こちらこそ」

間髪《かんはつ》を入れずにあずりんが頭を下げる。

9

マンションを出た。晴れてはいるが、湿《しめ》った空気がもったりという具合に淀《よど》んでいる。湿度が高い。そんななかを三人は歩いている。会話は途絶《とだ》えがちだった。思えば、帰り道って、いつもこうだ。

「でも、みんな、変わらないねえ！」

あずりんが声を放った。

「ほんと。変わらないね」

すかさずペコちゃんが大きくうなずく。

「ちっとも変わらない」

ミドリも同意した。足が不意に止まる。お腹の底のほうから笑いが込み上げてきた。唇をこじ開けるようにして吐き出した。大笑いが鉄砲水みたいに噴き出す。ぐでんぐでんの酔っぱらいのように、千鳥足《ちどりあし》で歩き始めた。

たとえ、かれがわたしの部屋にいてもいなくても、今夜、わたしはぐるぐるぐるぐる、わたしというひとをきっと考えるのだろう。そうして心の奥に畳んでおいたお気に入りの結論を引きずり出すのだ。それは、いつだって、わたしに優しい。わたしを上手に慰《なぐさ》める。

遠くを見るように、首を伸ばした。後ろにゆっくりと倒していって、夕方の空を仰ぐ。羽ばたく身振りをしたのだが、だれもなんともいわなかった。

振り向いたら、ペコちゃんもあずりんもあらぬほうを見やっていた。ミドリから目をそらすというよりは、物思いにふけっていて、気づいていないふうだった。えさをたべているようでもあった。くちばしで器用に殻を剝いている。美味しいところだけを口に入れ、それぞれ、夢中で咀嚼《そしやく》している。

小包どろぼう

1

宇津井茂美《うついしげみ》は本を読むことにした。軽い読み物がよかった。明日は休みで、いまは夜だ。午後九時だから、夜としては浅くも深くもない時間である。客人がやって来るまでまだ間があった。

「ひまができたら読もう」と思っていたベストセラーが二階の自室に積んである。いくつかの山になっているところから、さっき、一冊、選んできた。茂美が手に取ったのは、単行本でも文庫でも新書でもなく、雑誌だった。昭和三十一年八月号の『主婦の友』だ。古本屋で買いもとめた。散歩の途中で寄った古本屋だ。茂美の趣味は散歩と読書だ。そういうことに勤め先ではなっている。

テレビを消した。十畳の居間が静まり返る。物音すべてをテレビが吸い込んだようだった。ぬるんだ空気がぽってりと漂い始めた感じもする。三月二十七日、金曜。きょうはよい天気だった。会社では、これという出来事もなかった。

茂美が帰宅したのとほぼ入れちがいで両親が出かけて行った。母の姉のきみちゃんが肺炎で入院したらしい。もう七十を超しているので、二、三日、ようすを見てくるつもりだと父がいった。声音は平静だったが、急《せ》き込んだ顔付きをしていた。

きみちゃんは茂美一家の暮らすまちから特急で四時間かかるところにひとりで住んでいる。ひとりといっても、配偶者に先立たれたわけではない。離別もしていない。きみちゃんは結婚歴が一度もないタイプの独身だ。

きみちゃんの入院を親から聞いたとき、「風邪が一進一退です。トシですナァ！」と書いてあった年賀状が茂美の胸に浮かんだ。その年賀状を手に取って「ナァ！」がきみちゃんぽいんだよなと頬がゆるんだ今年の正月も思い出した。

きみちゃんは母の姉だから茂美からすれば伯母《おば》である。

顔を合わせる機会はそう多くなかった。住んでいるところが離れている上に、きみちゃんは年がら年じゅうなにやら忙しくしている。友だちも多いようだ。

からだがいくつあっても足りないよ、が口癖で、会うたび、そういった。それから、いひひ、というふうに笑ってみせた。携帯の絵文字に喩《たと》えると、上下の歯を見せて笑う黄色い猫みたいな口元で。

親戚じゅうのだれもが「きみちゃん」と呼ぶのは、かのじょのこんな表情による。女ひとりでごはんをたべてきたのだから、きみちゃんがしっかり者でないはずがない。しかし、あどけないといってもいいような稚気《ちき》がいまだに時折こぼれ出るのだった。平種柿《ひらたねがき》にちょちょいと目鼻を描いたような顔立ちだが、きみちゃんの眉は濃い。たっぷりと墨《すみ》を含ませた筆で書いた山なりの一の字を思わせる。髪も濃い。かなり短いショートカットなので、襟足の毛が男のひげみたいに立っていた。白髪が多くなってもおんなじだった。きちんと白くて太いやつがぴんぴんとはえている。

面差《おもざ》しを始めとして発せられるムードが茂美と似ているというのも、親戚の集まりでは欠かせない話題だった。茂美はきみちゃん二号と呼ばれている。命名したのはきみちゃん本人だった。

母は三人姉妹の真んなかで、独身なのは長女のきみちゃんだけだ。四人いる甥《おい》や姪《めい》のうち、きみちゃんのもっとも気に入っているのは茂美だと、これもまた身内では周知の事実だった。

法事で会ったときや、きみちゃんがひょっこり訪ねてきたときには、お小遣《こづか》いをこっそりもらった。

「しげちゃんだけにあげるんだよ」

きみちゃんは暗にだが確《しか》と親にも妹にも内緒にせよと茂美に念を押したものである。茂美が合点承知《がってんしょうち》というふうに深くうなずき、小さなポチ袋を素早くポケットにしまうのも様式になっていた。

家族の前で、にやけてしまいそうになる表情を引き締めるのに苦労するのも愉しみのひとつで、やっぱりきみちゃんは妹よりもわたしを可愛く思っているんだと考えると、小鼻がふくらんだ。茶色がかった猫っ毛の妹に、将来、はげるかもね、とからかって泣かせたこともある。

それほどきみちゃんの寵愛《ちょうあい》を受けるのが得意だったのに、だんだん重苦しく感じてきた。高校生くらいのころからだったと記憶している。

秘密を共有するたびに、きみちゃんみたいな人生を自分も歩む気がしてならなくなった。その点でもきみちゃんは念を押していると思えた。

茂美は、現在、四十三歳。ひとりだが、配偶者と死別したわけでも離別したわけでもない。きみちゃん同様、一度も結婚歴がないタイプの独身なのだ。

といっても、きみちゃんとは世代がことなる。四十を超しての独身は、ものすごく珍しい珍しい人種ではないきょうこのごろだ。この歳でひとりの女は（いや、男だって）、そりゃあ、いまでも少数派にはちがいないが、市民権というべきものは、

「……得ている」

と、ひとりごとをいっていたことにはっとして、茂美は目だけであたりを見回した。

静かな居間の中心にあるソファに腰掛けている。上半身を倒していって、センターテーブルの下に置いてあった『主婦の友』を手に取った。膝に載せて、床に着けていた足を上げる。ソファの座面に横座りする恰好になった。

きみちゃんから、しげちゃんだけにとポチ袋をもらうたび、念を押されていると感じたことはまだあった。

よろしくね、と肩をぽんと叩かれる感じだ。翻訳すると、あたしが歳を取って、からだが動かなくなったら面倒みてね、になる。

むろん、言葉にしていわれたことは一度もない。しかし、たとえばおでんを作る際に大根を米のとぎ汁で下茹《したゆ》でしたり、こんにゃくの灰汁《あく》抜きをしたり、練《ね》り物に熱湯をかけて油を落としたりといった「下ごしらえ」をされている感覚はたしかにあった。いずれ、つゆを張った鍋《なべ》に入れられ、味がしみるまで煮込まれるのだろうというような。

茂美には姪がひとりいる。この春、高校生になる。妹の一粒種《ひとつぶだね》だ。三歳下の妹はとうに結婚していた。

姪が生まれて、「伯母さん」になったのは少しショックだったが、可愛い、という感情が勝った。赤ん坊のころからことあるごとにプレゼントを贈っていた。子どもに渡すにしてはつい高価なものになった。愛情をどうかたちにしていいのか分からない部分が茂美にあったのだ。よろしくね、と姪の肩を冗談めかして叩きたくなっていると気づいたのは最近だ。

姪の世話になろうとは思っていないが、もしもの場合はひと肌脱いじゃくれないだろうかというような、さもしい心持ちがないとはいえない。あんなに可愛がってやったんだから、と身勝手を承知の上で口を尖《とが》らせたくなる。

「いや」

膝に『主婦の友』を載せたまま、茂美は目を上げた。顔はうつむいたままだ。ひたいを見るようにして黒目を上げている。眼球の動きを止めて、わずかにかぶりを振った。

自分の「もしもの場合」に身内が姪しか残っていなかったら、どうしたってあの子に面倒をかけてしまうのだから、と考える。「よろしく」もなにも、とやや苦笑。たとえその気がなくても結果的に「よろしく」されてしまったときの、中年になった姪の表情を想像する。

いまのところはそんなでもないが、四十を超した姪は茂美に似ている予感がした。少なくとも髪質は同じなのだ。手入れしないで放っておくと鼻の下が黒ずんで見える産毛《うぶげ》の濃さも同じ。肌の張りをなくしていって、全体的にちょっとたるませたら、姪は、ほとんど現在の茂美になるはずだ。

中年になった姪の像をわりと急いで頭のなかからどかして、茂美はきみちゃんのことを思った。片方の口角《こうかく》をうっすらと持ち上げたままで。茂美の頬には、引っ込みがつかないというように、苦笑のあとが残っている。

きみちゃんは年末から何度も風邪をひいていたのだろう。少しよくなってはまたひいて、を繰り返した挙句、入院となったと推測する。いまごろ、きみちゃんはベッドの上だ。おそらく点滴を打たれている。高熱のあまりうわごとを発しているかもしれない。だれにもいわずに胸にしまっておいたこと、を、口走っているかもしれない。

きみちゃんの入院を茂美の親に知らせたのは病院だった。たとえ、近所に友だちがたくさんいても、「もしもの場合」の連絡先はたぶん身内にかぎられるのだ。

……きみちゃんは、わたしに来てほしかったんじゃないのかなあ。

「よろしくね」の答えをもとめられたのではなく、「ようく見ておきな」といわれた気がする。見ておきたいと茂美も思う。少しだけだ。ほんの少しだけ。ひとりを通した女の着地点に向かうようすに触れる機会はそう多くない。そこに向かうためにすべき仕度《したく》とか、注意点とか、そういう具体的なあれこれも知っておきたい。そうして、できれば、きみちゃんには、いひひと笑っていてもらいたいのだった。

自分が身内でいちばんきみちゃんの「友だち」に近い位置の者だと茂美は思う。なにしろ、きみちゃん二号なのだ。きみちゃんは、茂美の先行きといっていいのかもしれない。

いや、「かもしれない」どころではないかもしれない。

このままいったら、正真正銘のきみちゃん二号だ。ゆくゆくは宇津井家之墓で親と一緒に眠る事態になるのだ。となると墓守《はかもり》は姪か。姪には墓の前段階での葬儀で喪主《もしゅ》も頼むことになるのか。

姪の負担は大きくなるいっぽうだなあ、という感想を胸のうちからよいしょとどかし、「きみちゃんの入院の件」を引き戻した。きみちゃんの一大事なのに、留守番をいいつかっているきみちゃん二号の自分。

客人の到着は十時半と聞いている。

一泊して行くのだそうだ。

父が目をかけてもらっていた上司の息子さんたちだという。夜行バスで三時間かけてやって来るらしい。かれらは、きみちゃんとは反対方向のまちに住んでいる。

父の上司の息子さんの息子さんが茂美一家の住むまちの大学に合格したそうで、大学生協だか高校の先輩だかの紹介で見つけたアパートに、明日、引っ越しだという。朝早くから荷物が搬入されるので、ひと晩泊めてもらえないかと頼まれ、父が請《う》け合ったらしかった。

お風呂を洗って、二階の客間にふとんを敷いておくこと。明日の朝ごはんはトーストなんかの簡単なものでいいけど、おにぎりは持たせてあげてちょうだい。鮭《しゃけ》は冷蔵庫のチルド室に入っています。

母の文言を思い出し、茂美は鼻から息を吐いた。子ども扱いされるのは、家のなかだけだ。

それにしても、息子の引っ越しに両親が付いて来るというのはどうなのだろう。過保護なんじゃないの？　ていうか、よっぽど幸せ家族？

鼻白む気分が茂美のなかにあって、じつは父の説明をよく聞いていなかった。はいはいはいと早い返事をしておいた。だが、おおよその事情は承知したつもりだ。少なくとも、三人、という人数は確かなはずだから、幸せ家族で間違いない。

2

膝に載せた『主婦の友』にようやく目を落とした。

表紙をめくると、黴《かび》の臭いがふいに立つ。

日に灼《や》けて茶色くなったページは、現在の女性誌とはことなり紙質がよくない。コミック誌に使われている紙に似ているが、あれより薄そうだ。とにかく、つるつるしたページは一枚もなかった。

昭和三十一年の主婦は、なんでも手作りしたようだった。白いブラウスに刺繡《ししゅう》をして垢《あか》抜けさせたり、帽子やバッグ、折り畳みプールやテーブル、買い物籠《かご》や状差《じょうさ》しも工作していたらしい。

きみちゃんが二十歳かそこいらのころの雑誌と思えば、感慨《かんがい》深かった。きみちゃんだってきっとこういう人妻に憧《あこが》れていたのだろう。というより、夫を持つ将来をてんから信じていたのではないか。自分が少数派にまわるなど、若かりしころのきみちゃんの頭にはなかったのかもしれない。

だって、いまよりずっと結婚が普通だった時代だ。世話を焼くひとが町内縁者のなかにいて、丁度よい連れ合いとの出会いを取り持ったと聞く。ある意味、よき時代だったはずだ。

なのに最終的に独身だったきみちゃん。ひとりで暮らし、ひとりで病院に行き、ひとりで入院している。友だちがいても、一緒にあそんだり騒いだりして老後を愉快に暮らしていたとしても、結局ひとりなのだ。

だれだって「結局ひとり」にはなるのだろうが、茂美がちょっとせつなく思うのは、きみちゃんが親以外の他人と棲《す》んだ経験がないタイプのひとり暮らしをつづけてきたからだ。茂美が思うに、きみちゃんには、たべていない果実があるのだ。

たくさん実のなった大きな木の絵を胸に描いてみる。

猿みたいに登って行って、もがないと手に入らないかもしれないんだな、と口のなかでいった。たべてみないと味なんて分かんないけど。

壁掛け時計に目をやった。まだ十時前だ。あと、約三十分。両親が病院に到着するのと、客人がやって来るのは同じ時間だ。特集記事の拾い読みを続行する。

「小遣いを中心にした主婦と働く娘の家計研究会」や「夏のスピード料理」、「おしゃれな皇太子さま」や「流行のまげスタイル」なども興味深かったが、どのページの下にも横書きでひと口メモが記されており、それが面白かった。「夜泣きする子供は、素早く肛門を見るとしばしば蟯《ぎょうちゅう》虫が発見される」そうだし、「初産《ういざん》で乳の口があかないときは、牛蒡《ごぼう》の種を5～6粒のむとよい」そうだ。

ふと母を思った。母が結婚したのは確か昭和三十八年だったから、茂美が読んでいる『主婦の友』の七年後だ。父とは見合いだったと聞いている。

昭和三十一年のころは、母は、まだ、伴侶《はんりょ》の顔も、名前も、知らなかったのだ。その点ではきみちゃんと同じだ。きみちゃんだって、伴侶の顔も、名前も、知らなかった。

「でも」

母には伴侶が用意されていて、きみちゃんには用意されていなかった。

首をかしげたら、義弟の顔がよぎった。妹の夫だ。おとうといっても、茂美より歳上だ。中学生の時分に通っていた塾の講師だった。茂美が習っていたころは学生だったが、妹が習ったときには専任になっていた。

センセイと付き合っているんだ、と妹から告白を受けたのは茂美が就職してからだ。

「ずっとあたしのことを好きだったんだけど、あたしが大きくなるまで待っていたんだって」

妹がほっそりとした顎で何度もうなずいた。茶色がかった猫っ毛の妹は、眉もふんわりと茶色い。淡《あわ》い影のような眉が、ピンク色に染《そ》まったまぶたとよく調和していた。その風《ふ》情《ぜい》がなんとも女らしくて、茂美は妹から顔をそむけた。

同じ場所で、同じひとに出会っていたのに、と思われてならなかった。してやられた、と舌打ちもしたくなった。センセイと茂美のあいだにはなにもなかった。だからこそ、悔しさのようなものが小骨みたいに引っかかる。

義理だからね、義理。バレンタインデーに渡した手作りチョコレートを、かれが忘れていてくれたらいいと思った。

強い真っ黒な髪の毛を貼り付けた平種柿みたいな顔いっぱいでつんけんしてみせ、一個もチョコレートをもらえなかったら、センセイの立場、なくなるし、と恩に着せるようなことをいったのも、できたら、忘れていてほしかった。実際、かれはなにひとつ覚えていなかったのだが。茂美の存在すら、妹にいわれるまで記憶になかったらしいのだが。

「……ふー」

大げさにため息をついた。『主婦の友』を熱意なくぱらぱらとめくっている。

広告が目についた。

ことに「ホルモン」という単語だ。

洗濯機やミシンや寝具や醤油《しょうゆ》の広告は早送りされるようにすぎていくのだが、「ホルモン」だけが茂美の目のなかに瞬時、留まる。その単語に行き当たるたび、ページを戻して、確認した。

当時は「ホルモン」が新しかったらしく、美容関係の商品にはホルモンの配合を謳《うた》っているものが多かった。

「のむ美容整形法」として、ホルモンと同じ働きをする物質をカプセルに閉じ込めた健康薬品の広告もあった。卵胞《らんぽう》ホルモンと同一性状のカプセルを毎日服用すれば、「全身の新陳代謝がさかんになり」、「血行血色が良化され」、「女性本来の体質」になってくるのだということ。

あるいは、ヤセルホルモンなど六つの薬効が「女らしいスタイル美」を創《つく》る錠剤。こちらは「薬効の美容体操」と呼ばれているらしい。

いずれも販売元の住所と電話番号が明記してある。振替番号も記してあった。申し込めば、商品を送ってくれるそうである。

卵胞ホルモンと同一性状のカプセル（三カ月ぶん）と、ヤセルホルモン配合の錠剤（大瓶）合わせて代金は千七百五十円なり。

横座りにしていた足を床に下ろした。雑誌を膝に置いたまま、腕を組む。

「なるほど」

はっきりとひとりごちてから、唇をゆるく閉じた。

今夜十時半にやってくる客人に思いをはせる。幸せ家族の三人衆だ。

さぞやはればれとした心持ちでいることだろう。青空のような気持ちのなかに、いわゆる「一抹《いちまつ》の寂《さび》しさ」というやつもひそんでいるはずだ。なんせ、大学に合格した息子は初めて親もとを離れ、ひとり暮らしを始めるのだ。

茂美は深く息を吸った。ゆっくりと吐き出す。妻は一家の主婦として張り切っているんだろうな。

昭和三十一年の『主婦の友』に登場する妻たちも幸せそうだが、時間を経《へ》ているだけあって、なまなましさはさほどではない。だが、じかに、息子のできをさりげなく自慢されたり、あるいは、今後の仕送り代にちょっぴり頭を悩ませていると打ち明けられたりするとなったら、話は別だ。考えただけで億劫だった。どちらにしたって、幸せムードを振りまかれるに相違ない。

みょうに色艶《いろつや》のよい女が茂美の脳裏《のうり》をよぎった。幸せ家族の妻の顔立ちは不明だが、満たされている女の肌は血のめぐりがよくて、つやつやしているものと相場は決まっている。夫と息子というふたりの男に挟まれ、頰を上気させてはしゃぐ中年女を想像した。茂美からしてみたら、「たべ残した果実のない女」だ。「たくさん実のなった大きな木」に、「猿みたいに登って行って」、なるたけ甘そうなのを選んで「もいだ」経験のある女を目《ま》の当たりにすると、わずかに傷つくのだった。

「まーそれも現世での修行ってことで」

聞きかじりのスピリチュアルな考え方を小声でいった。

ホルモン配合の健康薬品の広告に目を落とす。

申し込んでみようかなという気になった。

どちらの販売元ももはや存在していないだろうし、存在しているとしても住所が同じとはかぎらないし、第一、その商品はもう無いだろう。

でも、小さなくしゃみが出たのだった。『主婦の友』の黴の臭いに刺激されて出たくしゃみだ。鼻の奥がむずむずする。「現在」とつながった気がした。

この雑誌に載っている振替番号に送金したら、昭和三十一年の東京に届きそうに思えた。一、二週間も待てば、商品がちゃんと送られてきそうな感じがする。

昭和三十一年の配送だから、宅配便ではない。小包郵便にちがいない。茶色い紙で包装された四角いものだ。縄みたいな紐《ひも》で十字にぎゅっと縛ってあって、荷札が付いている。

それが茂美のもとに届く。

星がちりばめられた真っ黒な空間をうねるように飛んでくる小包が茂美のまぶたの裏を駆けていった。

女性らしさを約束するホルモンが、時間を超えてやってくる。それがあれば絶対だ、という気がする。それさえあれば、手に入れられるものがきっとあるにちがいない。

大きな木から熟《う》れた果実がぽたぽたと落ちてくる絵が広がる。

茂美のなかで、小包の中身が果実になっていった。男も恋愛も結婚も出産もみんな「女性らしさを約束するホルモン」の賜物《たまもの》だと思う。叶うならば、ぜひ味わってみたい。糖度はちがうだろうが、多くの女たちが欲しがるのだから、甘いに決まっている。

いひひと笑いそうになった。こんなふうにばかげた夢想をするから、きみちゃん二号といわれるんだ。

インターホンが鳴った。幸せ家族が到着したのだろう。茂美はソファから立ち上がり、台所に行った。流しの下に『主婦の友』をしまってから、玄関へ向かう。

「はい」

とドアを開けたら、男が三人、立っていた。似たり寄ったりの背丈だが、歳がちがう。いちばん年嵩《としかさ》らしい男が、

「杉山《すぎやま》です」

と名乗った。ひと晩、お世話になります、とつづける。

3

奥さまは、二年前に亡くなったそうである。

いまごろ天国で喜んでますよ、と杉山氏は肉の薄い頰に手をあてた。少し疲れているよ

うだ。まぶたが若干くぼんでいる。茂美は、胸のなかで子犬がきゅんと鳴いた気がした。四十五、六というところである。ハの字とまではいかないが、いくぶん下がり眉だ。発声するたび、目尻に皺《しわ》が入る。役場勤めをしているらしい。

息子の大学合格の話をする合間に差し挟まれた情報を、茂美はなんとなく頭のなかで組み立てた。

息子さんは真吾《しんご》くんという。かれの眉は下がっていない。ぎゃくに少しつり上がっていた。いまどきの青少年らしく整えているのだった。すべすべした皮膚の顎の細い顔には似合っている。

残るひとりは杉山氏の部下で、職場のフットサル仲間とのこと。真吾くんが合格した大学が母校なので、「手伝いを買って出た」という。こちらは二十代後半か三十代前半だろう。眉の整え方は真吾くんよりはナチュラルだ。産毛を抜く程度なのかもしれない。色が黒くて、顎がしっかりとしている。首も太い。名前は小野寺《おのでら》さん。

真吾くんがお風呂に入っている。大人たちは居間にいて、ぽつぽつと会話を始めていた。茂美は、杉山氏から頂戴《ちょうだい》した、杉山氏の地元の銘菓《めいか》を早速《さっそく》出した。丁寧にお茶もいれた。

「……お腹、大丈夫ですか」

少々緊張していた。まさか男三人とは思っていなかった。しかもその三人というのが、揃《そろ》いも揃ってなかなかなのだ。それぞれの歳相応のよさが匂い立ってくるようだ。

「……お茶漬けかなにかでも」

到来品だが、ふぐ茶漬けがある。

「おかまいなく」

バスのなかでさんざん呑んだり喰ったりしてきましたから。杉山氏が快活に笑った。わざとくだけた物言いをしているふうだ。表情が動くと、端整な顔立ちがくしゃっとくずれ、気さくな印象になる。

さらに杉山氏は、満腹をしめそうと腹部を叩いてみせた。

Vネックの薄手のセーターはチャコールグレーで、下にTシャツを着ている。濃い色のデニムをはいていて、足が細い。全体的に痩せ形だが、お腹は少し出ていた。茂美はそこはかとなく安堵《あんど》した。わずかに後退している生え際《はえぎわ》に目を移し、もっと安心する。このくらいのマイナス点はあったほうがいい。

「……あ、じゃあ、ビールでも？」

急いで立ち上がった。杉山氏、小野寺さんとは向かい合って腰掛けていた。座っているより、立っているほうがお腹のでっぱりが目立たない。最近、一日じゅうデスクワークをしていると、お腹に赤い横皺が入るようになった。完全な二段腹というわけではまだない。でも。

自分のマイナス点は知られたくなかった。気が利《き》かないとか、融通《ゆうずう》が利かないとも思われたくない。ただし、あくまでも、なんとなくだ。どこがどうというのではないし、なにをどうしようというのでもない。

あ、いや。杉山氏がてのひらを茂美に見せて、ストップのサインをする。

「ほんとうにおかまいなく」

「……でも」

父に叱《しか》られますし。両手をこねくり回すようにして擦《す》り合わせて茂美はいった。この態度はもじもじだな、と頭の隅《すみ》で思っている。胸のうちが、むず痒《がゆ》くて、いひひと笑いそうになる。受け答えに「……」が付きすぎだよ、とも気づいているのだが、修正できない。

センターテーブルからリモコンを取って、テレビを付けた。ニュースをやっている局を探していたら、電話が鳴った。母からだった。

「そんなにわるくないみたい」

きみちゃんの容態《ようだい》だ。二週間ほどで退院できそうと聞き、ひとまずほっとする。さすがはきみちゃんだとも思う。最後の最後まで、元気でいてもらいたい、ときみちゃん二号としてはせつに願う。

杉山氏一行が見えた旨《むね》を伝えたら、母の後ろで父が電話を代わりたがった。杉山氏を呼んで、受話器を渡す。ありがとうございます、とか、お忙しいところすいません、とかいっている。

電話台とソファのあいだで手持ち無沙汰《ぶさた》にしていた茂美に小野寺さんが声を掛けてきた。

「ご親戚のかた、大丈夫だったんですか」

上半身をねじって茂美のほうを振り向いていた。腕をソファの背に掛けている。

「……おかげさまで」

ちょっと頭を下げたら、

「よかったですねえ！」

と破顔した。胸のすくような笑みである。厚い胸板にひねりが加えられているから、逆三角形のからだが茂美の目に迫った。ただ少々軽薄そうだ。言葉の上っ面をなぞっている感じである。男のわりにくりくりとした黒目は落ち着きにとぼしかった。強《し》いて挙《あ》げれば、という程度のマイナス点だが、マイナス点には変わりない。

「えっと、では、ご親戚のかたの無事をですね、真吾くんの合格祝いと併《あわ》せて、ことほぎましょうか」

ビールを要求してくるあたりも、少し図々《ずうずう》しい。しかし、いわれたこちらが思わず笑ってしまうような可愛げが小野寺さんにはあった。

通話を終えた杉山氏がソファに戻って来たときには、ビールの用意ができていた。冷凍庫にあった一夜干しの烏賊《いか》を炙《あぶ》っている茂美に杉山氏が声を放《はな》つ。せっかくなんですから。

「茂美さんも一緒に呑《や》りましょうよ」

ひとりだけ働かせるのはどうも苦手で。

「そういや、奥さんもいける口でしたよね」

小野寺さんが割って入った。

「むしろ、杉山さんがつまみを作っていたりして」

とつづける。どうやら、亡くなった奥さまのことはすでに「思い出」になっているようだ。小野寺さんが鈍感なだけかもしれないが、他人が軽口をいえる程度に杉山氏は回復していると茂美は推量した。なぜなら、杉山氏が小野寺さんにすかさずこう雑《ま》ぜっ返したからだ。

「おまえはいつもなんにもしないよな」

そこへ真吾くんがお風呂から上がって来た。濡れた髪を掻き上げて、宴会かよ、と小声でいう。何度目？

すっきりとした口元をほころばせる。十八歳の顔には余計なものがなんにもないなあと茂美は瞬時見とれた。こめかみと、ほっそりした首に透明なしずくが伝っている。縒《よ》れたTシャツを着ていたから、襟から鎖骨《さこつ》が覗《のぞ》いていた。わりと色白の皮膚がほんのりと染まっている。あまりにも若い、というのが真吾くんのマイナス点だった。収入もないし、と付け加える。息子なら文句なしだけど。そのような考えが頭の片隅に浮き上がった。

「お手伝いしましょうか」

炙った烏賊を切っていたら、杉山氏の声が間近で聞こえた。かれはいつのまにか茂美の隣に立っていた。少し顎を上げたら、杉山氏と至近距離で目が合った。……じゃ。

「お皿を出してもらえますか」

食器棚を指差した。頼みごとができた自分、に、茂美は少し驚いた。でも、スムーズに言葉が出てきた。食器棚のわりと高い段にある皿を取り出す杉山氏の背なかに、

「冷蔵庫からマヨネーズも」

棚の上に唐辛子《とうがらし》がありますので、と、付け加えた。

「オッケー」

杉山氏は心安く返事をして、

「いい焼き加減だ」

と茂美が炙った烏賊を誉《ほ》めた。

4

ちょっとだけ、お相伴《しょうばん》にあずかった。

こぢんまりとした宴会は零時半にはおひらきになった。

茂美はベッドのなかにいる。茂美の部屋は、客間の隣だ。耳をすまさなくても聞こえてきた隣室の物音が止んだのはついさっきだった。電気、消すぞ、という杉山氏の声が最後だ。

寝返りを打った。掛けぶとんを足のあいだに挟みたいような気持ちになっている。枕に耳をつけて、指しゃぶりをする赤ん坊みたいな恰好をしていた。

肥料会社の総務部に配属されて、来月には二十五年になる。人事と経理と雑用を兼ねた仕事を三期下の女性とふたりでやっていた。

先ごろ四十歳になった三期下との関係は良好だ。おたがい実家に住む同タイプの独身だし、女子正社員はふたりきりだ。過去には反目し合ったり、逆に非常に親しくなったりした時期もあった。現在は、愛憎を乗り越えたカップルのように落ち着いている。とはいえ、さりげなく競《きそ》い合うところはあった。おたがい、どのくらい「余裕（余力）」があるかの柔らかなバトルだ。

三期下は女としての余裕（余力）があるとしたいようだし、茂美はどちらかというと、ひととしての余裕（余力）があるのをそこはかとなくアピールしたい。

むろん、女としての余裕（余力）が底をついたとは思っていない。だが、そっちのほうはあなたにまかせるわ、と三期下に花を持たせる態度をとっている。

コピー機の定期点検にやってきた前髪の不揃いな若い男子から「いい匂いがしますね、といわれちゃった」と報告する三期下に、「だめよ、つまみぐいしちゃ」と窘《たしな》めるふりをしながら持ち上げたりしているのだった。

休みの日には近所を散歩し、感じのいい古道具屋やカフェなどを見つけてはぶらりと立ち寄る。夜は長湯をしたあと、シックな音楽を低い音量で流しながらゆったりと読書三昧《ざんまい》。

茂美はときどき三期下に私生活の一端を披露《ひろう》する。自分の時間を大切にしているのだと茂美はいいたいし、三期下も「大人ですねえ」とうなずいてくれる。

そんな休日の過ごし方は、嘘ではないが、ほんとうでもない。読書のくだりは願望である。大抵はPCの前にいた。ブックマークしているブログや、入会しているコミュニティをひと通り巡回する。YouTubeで小動物の愛らしい動画を拾《ひろ》ったりもする。「43　独身」で検索をかけることもあった。「43　処女」の場合もある。「43　処女　セックス　できる?」と打ち込む夜は、性具の通販サイトにジャンプしがちだ。興奮状態にあるペニスの形状は、この手のサイトでだいたい把握した。台所用品でいうと、すりこぎのようなものだとおおまかに想像している。

性交の手順についてはさほど不安ではない。相手にまかせていればよいと思う。できれば上手なひとに当たればいいとも思っているが、「上手」の実際はよく分からない。分からないのに、上手すぎるのはどうも、と考えている。あそんでいるひととは合わないと思う。あと、あんまり激しすぎるのもちょっと。

矢継《やつ》ぎ早《ばや》に、引っくり返されたり、仰向《あおむ》けにされたり、なにかこう卍《まんじ》固めのようなかたちにされたら、十中八九ついていけない。

茂美の心配は、まずからだが硬いことだった。床にお尻を付けて両足を伸ばし、上半身を倒していっても、爪先《つまさき》に手が届かない。ヴァギナも硬くなっているのではないかと気にかかる。干し椎茸《しいたけ》みたいにカチカチになっていて、あらゆるものの侵入を拒《こば》むかもしれない。

心配はまだある。「陰毛　白髪」と検索したら、「やっぱり萎《な》える」という自称熟女好きの男の意見に辿り着き、「染める」あるいは「剃《そ》る」を検索ワードに追加したりしているうちに夜が更《ふ》けるのだった。そうして、やっぱり好きなひとと枕をかわしたいとぬるまった息をひとつ吐き、ベッドにどさりと横になるのがいつものパターンだった。

少し前までは、自分の好きなひとであれば自分を好きでなくてもかまわないとしていたが、このごろでは、自分を好いてくれる普通のひとならおそらく好きになれるだろうと考えが変わってきた。

とはいえ、普通としかいえない職場の男子社員をまぶたの裏に浮かべても、ときめかない。当たり前だ。職場の独身男子社員のなかで茂美を対象として見るひとはいない。派遣の女子と一緒になって、茂美と三期下を「選ばれし者たち」と陰で呼んでいる。

いつ辞めるか、いつ辞めるかと会社側が見守っているうちに勤め上げるという雰囲気になってきた総務のおばちゃんたち。ふたりに支払われる給与が会社の人件費を圧迫しているといいたげだ。

知らないひとがいいのだ。出会う以前の茂美を全然知らないひとだ。「ただ出会っていないから、いまはまだ知らないひと」なだけのひとが茂美の理想だ。でも、知らないひとと出会うのはたいへんむずかしいのが現実。

こんな堂々巡りをしているくらいなら、本を読んだほうがいいと思う。そのほうが有意義なことくらい分かっている。でも、古本屋で買い込んだベストセラーは、自室に積んでおくだけだった。

「ひま」はたしかにあるのだが、本をひらいて字面を追い、頭のなかで筋を組み立てていく作業をするほどの隙間ではなかった。組み立てたい「筋」はほかにあるのだ。

少女趣味といってもよいほど、あまやかな筋立てだった。肝心なところはぼかしてあったり、はしょったりしている。

とにかく茂美は一見普通だけど仔細《しさい》に観察したらようすがよくて、性質がおだやかな上に働き者で、収入もわるくなく、あそんではいないがそこそこ（セックスの）上手な誠実な男と、ひょんなきっかけで出会い、基本的には紳士的に、だが、ここぞというシーンでは強引に口説かれるのを最上としていた。

ただし、茂美の組み立てる筋立てのなかの茂美は、実際のすがたと少しちがう。柔らかな髪と、同質の薄い眉を持ち、顎は細く、むだ毛がない。あったとしてもぽやぽやとした産毛程度だ。からだも軟《やわ》らかいし、指もしなる。

三期下に読書家として振る舞っている手前、読んだ本の感想もときどき披露していた。

ネットで拾った「書評」を繋《つな》ぎ合わせて、自分の感想としていた。

今夜、『主婦の友』を読んだのは、昭和三十一年発行の雑誌の「書評」など、だれも書いていないと思ったから、というのがひとつ。心置きなく感想がいえる。よそのひととちがう感想を発表するのが、茂美はなんだか怖いのだった。歳をとるごとに少数派になっていく事実を思えば、知らずと臆病《おくびょう》になる。その他の件では多数派でいたい気がする。

帳消しにしたい意もある。読書してますといいながら、ＰＣであられもない検索ワードを次々に打ち込む自分は、薄汚い。剝《む》き出しにしているようだ。それはつまり、性《さが》とか業《ごう》とかもしかしたら本能だ。まだ生殖する気でいるのかと自分自身を罵倒《ばとう》したくなる。しかし、まだ間に合うとも思うのだった。いまなら、まだ。

男は知らないが、いい線までいった経験なら三度ある。

高校を卒業した年、元の同級生から電話がかかってきた。映画に誘われた。反射的に断ってしまったのは、男女交際に慣《な》れていなかったからだ。相手はとくになんとも思っていない男子だった。当時の茂美は、一度でもデートしたら「付き合っている」ことになるのだと思い込んでいた。

二十代の中盤では、勤め先での忘年会の帰り道、年上の男子社員に肩を抱かれた。茂美はかれをきらいではなかった。スポーツマンだし、営業部の人気者だし、つい先ごろ長く交際していた恋人と別れたとの情報が出回っていた。肩を抱かれたまま、二次会に繰り出す同僚たちから少しずつ離れていって、ビルとビルの隙間に連れて行かれた。

唇を合わせたら、酒臭いキスになった。だが、舌を入れてこられたら、臭いはそんなに気にならなくなった。

ああ、キスをしている、と茂美は頭のどこかで叙述《じょじゅつ》するように考えていた。わたしはいまキスをしている最中です。英語の現在進行形の訳文みたいになった。

ついつい腿《もも》を擦り合わせたくなって、しまいにはその場にしゃがみ込みたくなった。そうしないと、足のあいだから滴《したた》るものが内腿を伝うような気がしたのだ。

「おれとしたい？」

耳元でそうささやかれたが、「したい」と明言できなかった。うなずくこともできなかった。

「え」

と驚くのが精一杯で、そしたら、

「分かった」

といわれた。わるかったね、と謝られ、頬に欧米人がするようなあっけないキスをされて、終わった。

直近の思い出は三十六歳のときだ。本社に異動になる総務課長の送別会の夜だった。三期下と三人で二次会のカラオケボックスを抜け出して、静かなバーに行った。とても静かなバーだった。薄暗くて、客もあまりいなかった。片隅のボックス席に陣取って、しばらくは三人で総務部の問題点などを語り合っていたのだが、三期下が帰ったら、会話が途絶えた。空気も変わった。

「すごくいいと思ってたんだよ」

「ずっとこうしたかったんだよ」

そのようなことはささやかれたはずだが、よく覚えていない。茂美が明瞭に覚えているのは、んー、んー、という総務課長の呟きだ。んー、というたび、四十代半ばで家庭持ちの課長の指が大胆になっていった。

茂美が抵抗しなかったのは、酔っていたせいもあるし、課長がその数日後には職場からいなくなるせいでもあった。いや、少し、嘘だ。顎の下を撫でられたり、ブラウスのボタンをふたつみっつだけ開けてそこから手を入れられたりしているうちに、すごくいやらしい気持ちになっていったのだ。ショーツのクロッチ部分から指を入れられるころには、あふれていた。

腰を下ろしていたボックス席のソファの座面も濡れさせて、その夜はそれで終わった。

わりとあっさりしたものだった。指先をおしぼりでさっと拭いて、

「なんか、ごめんね」

と、総務課長は謝った。

途中まで手を出す男はどうして謝るのだろう。どうして、最後までしないのだろう。どうして、わたしではなかったのだろう、と茂美が胸の底に錐揉《きりも》み降下していくように思うのは、課長が異動先の事務員と深い仲になり、妻と別れて再婚したと聞いたからだ。

酒臭いキスをした年上の男子社員が翌年入社した新人と結婚したからだ。ふたりが付き合うきっかけになったのは、かのじょの新人歓迎会の夜で、初めてのキスもそのときでした、と披露宴でエピソードが紹介された。

デートに誘って来た元同級生は、茂美以外の女子にも声を掛けていた。数打ちゃ当たるってわけでもあるまいし、と嘲笑していたのだが、誘いに応じた女子がいて、七、八年も付き合った末にゴールインしたと噂を耳にしたら、胸がさわいだ。ちっとも羨《うらや》ましくなんかないけど、「持って行かれた」実感がある。

多少なりともかかわり合った男たちが、茂美のなかで、今夜来訪した三人の男たちに重なった。

かれらが現れる直前まで読んでいた『主婦の友』を思い起こす。広告に載っていた商品

を注文しようと思ったことだ。

小包が、届いたような気がする。星をちりばめた真っ暗な空間を、うねるようにして飛んで来た小さな四角い箱である。なかに入っているのは、甘い果実だ。

茂美は目を閉じた。ゆっくりと開けても、視界は黒いままだ。

「でも、きっと勘違いなんだ」

いつものようにね。とても小さな声でつぶやいた。

今夜出会った三人の男とは、おそらく、なにも起こらない。それは、茂美のなかでは、ほとんど決定事項だった。自分のもとに届いたと思った小包は、受領のハンコを押す段になって「あ、ひとちがいでした」と謝られ、よそに持っていかれるのが落ちなのだ。逆恨《さかうら》みのようなものと知っていながら、盗まれたという思いがじゃりじゃりと舌に触れる。その感触がどうしても消えない。

親戚の集まりで耳にしたことがある。

父の見合い相手は、もともと、きみちゃんだったらしい。

でも、父の写真を見た母がひとめぼれして、きみちゃんに「あたしにちょうだい」といったそうだ。母は、猿みたいに木によじ登って、きみちゃんの果実を奪ったのだ。きみちゃんに届いた小包を横取りしたのだ。

いや、そうじゃない。

「そうじゃないナァ」

茂美はきみちゃんっぽくつぶやいた。

小包は、あらかじめ、用意されている。

それぞれのぶんが用意されていて、たぶん、届く時期も決まっている。きみちゃんに小包が届かなかったように、自分にもきっと届かないと茂美は思う。

なぜなら、茂美ときみちゃんの小包はもともと用意されていなかったからだ。だれかに盗まれたわけじゃないんだ。

そういいきかせても、しかし、自分自身を説得できない。男や恋愛や結婚や出産を経験した女たちは、みんな、小包どろぼうなんだという気がする。やつらは、われわれの敵だよ、きみちゃん。

かかわりのあった過去の男たちと、今夜の三人は別人だ。そんなことは分かっている。ことに杉山氏は以前会っただれともちがう。どこがどうとはいえないし、なにをどうしようとも思ってないが、でも、茂美は杉山氏の肩口にひたいをくっ付けてみたかった。

5

三人の男たちを見送った。

トーストと、トマトを添《そ》えた目玉焼きと、コーヒーを、男たちは顔いっぱいの笑みで嬉しんだ。茂美が早起きして作ったおにぎりを、まだあったかい、と喜んだ。社交辞令には聞こえなかった。社交辞令だとしても、茂美はそんなに気にならないが。

「懐《なつ》かしいな、こういう感じ」

杉山氏が真吾くんに微笑みかけた。真吾くんが短くうなずく。

「……シーチキンのやつ、あるかな」

真吾くんの呟きを聞き、

「追加しようか」

と茂美が答えた。

「じゃっ、お言葉に甘えてチーズおかかもお願いします」

小野寺さんがハイと手を挙げ、

「いいかげんにしろ」

と、杉山氏が真吾くんと小野寺さんをぶつ真似をした。懐かしいな。真吾くんが頭をさすりながら小声で繰り返した。そうだな。杉山氏が窓に目をやった。……ですね、と小野寺さんもくりくりした目を細めた。快晴の空が広がっていた。日差しがまぶしい。

「お天気がよくてよかったですね」

追加リクエストのおにぎりを作りながら放った言葉を、茂美はもう一度口にした。

男たちが出て行ったら、家のなかが、がらんとした。

二階に上がって、ふとんからシーツをはがしている。枕カバーはさっき、はずした。それぞれの匂いが茂美の鼻腔《びこう》にまとわりついた。男の匂いだと、思った。夜を過ごした男の匂いを初めてかいだ。きみちゃんは、この匂いを知らないんだろうなあ、と心中でつぶやく。階下で電話の鳴った音がした。

階段を降りていって、留守番電話に切り替わる直前に受話器を取った。

「大ニュース」

母の弾んだ声が耳に入る。

「きみちゃんの彼氏が御見舞いにきたわ」

「お友だちのひとりなんじゃないの？」

茂美は襟足を掻きながら、間延びした返答をした。肩までの長さの髪だが、襟足に手をやると、強い毛に触れる。きみちゃんと同じ質の髪の毛だ。

「ちがうって！」

ころころと母が笑った。

「若いひとなの。どうしてぼくにいちばんに教えてくれなかった、って泣いてるの」

きみちゃんの手を握って、頬擦りしているそうである。五十代の男性だそうだ。きみちゃんより二十も下だ。

「……金目当てなのでは？」

きみちゃん、けっこう貯め込んでいたでしょ。やぁだ、と母が即座に打ち消す。

「そのひと、中学校の絵の先生よ」

きみちゃんの住んでるアパートの大家さんのご次男さんよ。

いひひと笑うきみちゃんの顔が、茂美の胸に広がった。やったね、きみちゃん。小包が、きみちゃんのもとへ、やっと届いたというわけですか。ずいぶんとまあ、時間の掛かったこと。

受話器を置いて、首をかしげた。

「さて、と」

客間のふとんを片《かた》すとしましょう。茂美は腕を交互にぐるっと回した。首も回したら、ぼきぼきっと音が立った。電話の横のメモには、真吾くんが独り暮らしを始めるアパートの住所が書いてある。杉山氏が教えてくれた。

「引っ越しそばでも喰いませんか」

その声を胸のうちで反芻《はんすう》しながら、階段を上がる。上がり切って、腰に手をあてた。ドアを開け放していたので、片付けの途中だったふとんと、すみに丸めたシーツや枕カバーが目に入る。少しのあいだ、漫然《まんぜん》とながめていた。乾《かわ》いた唇を舐めてみたが、なんの味もしなかった。親指で、鼻の頭を擦った。注文をしないことには、小包は届かない。

いままで、一度だって注文したことがあっただろうか。たくさん実のなった大きな木によじ登ろうともしないで、持って行かれただの、盗まれただのと吐《ぬ》かしていては、いいことなんか、なんもないぞ、自分。

わたしの小包は、と茂美は客用ふとんを持ち上げた。星がちりばめられた真っ暗な空間に漂って、注文されるのを待っている、と考えるのはどうだろう。

「と　り　あ　え　ず」

ふとんをベランダに干し終えて、ひと息ついた。二、三時間経ったら、ふとんを取り込み、引っ越しそばでもよばれに行こう。

子子踊
ぼうふらおどり

1

中川《なかがわ》さち子はキーボードを打つ手を止めた。

両の眉頭の下あたり、ちょっとくぼんだところを指の腹でゆっくりと押していった。首を倒しているので、背骨の始まりのでこぼことした丸いのが浮かび上がっていると感じる。仕事をするのだからと手早くひとつに括った髪は、大量の後《おく》れ毛が襟足に発生していて、根元が汗で湿っている。八月二週の土曜である。

書きかけのエッセイに「きのこのこと」とタイトルを付けて、ノートパソコンをスリープさせた。デパートが月に一度発行しているPR誌の原稿だ。

暗転したディスプレイにさち子の顔が映《うつ》った。頬が少々こけているように見える。なのに目はぱっちりしていた。部屋の明かりを反射しているだけなのだろうが、さち子としては、瞳に星が入っているように、と思いたい。

昨晩、鵜沢芳之《うざわよしゆき》と性をかわした。

全国紙の支局長だ。四十八歳。さち子より九歳上で、離婚歴がある。このまちに赴任《ふにん》したのは二年前だと聞いている。

知り合ったのは今年の初夏だった。パーティがあったのだった。我がまち出身の若者がオリンピックに出場するので、その壮行会である。たくさんのひとたちがやって来ていた。スポーツのこととなれば話は別だというふうに、地元のいわゆる実力者たちが、それぞれの商売はひとまず脇に置いておいて和《なご》やかに歓談していた。

さち子も歓談していた。ナプキンでくるんだグラスを片手に、混み合った会場内をすいすいと移動して、顔見知りのあれこれとさも打ち解けたようにして話をしていた。とある画家と語らっていたときに、以前一緒に番組をやっていたプロデューサーを見つけた。ちょっと失礼、と画家にいいおきその場を離れて、プロデューサーの下に歩を進め、久しぶりじゃない、元気してた？　と声を掛けた。近況を報告し合っていたら、

「川中《かわなか》さん？」

川中ちさ子さんですよね？　と見知らぬ男に筆名で呼び掛けられたのだった。さち子は首だけかれのほうに向け、会釈《えしやく》した。

「お世話になっております」

名刺を差し出された。からだごとかれに向けて受け取ると、プロデューサーが、じゃ、また、よろしく、と離れていく。やけにあっさりしてるじゃない？　さち子は人ごみを掻き分けてパーティ会場を泳いで行くプロデューサーの背なかを少しだけ目で追った。なんとなくかぶりを振ってから、もらった名刺に視線を下げた。社名、役職、氏名、と読んでいるところへ、

「たいへん愉しく拝読しておりました」

と鵜沢芳之が弾んだ声をかぶせてくる。さち子が目を上げたら、お世辞ではないのですよ、という意味合いらしき笑みをひろげた。やや突出した大きな目をさらに見ひらいてみせたのは、お目にかかれて光栄です、を表しているのだろう。

「ありがとうございます」

さち子もにこやかに礼を述べた。少し深めに頭を下げて、初対面にはちがいないが満更《まんざら》知らない仲でなし、という気配を発した。

鵜沢芳之が支局長をつとめるその新聞社の夕刊で、さち子はコラムの連載を持っていた。毎週金曜、日々の徒然《つれづれ》を八百字で書いていたのだ。さち子からしてみれば、よい仕事だった。地方版ではあったが、全国紙に連載を持てた半年間だった。

口金《くちがね》式の小ぶりのバッグから名刺を取り出し、鵜沢芳之に名刺を渡した。「エッセイス

ト　川中ちさ子」と刷ってある。白に黒字のシンプルなビジネス名刺だが、氏名の書体にはちょっと凝《こ》った。古紙100％再生紙使用の証《あかし》の緑色のRマークが付いている。いまは知り合いのデザイナーに頼んでいるが、仕事を始めたころは近所の印刷屋に出かけて行った。二十三歳のときだったから、十六年前だ。
印刷屋に置いてあった複写式の注文用紙に、意気揚々《いきようよう》として「エッセイスト　川中ちさ子」と書き込んだのを、さち子はよく覚えている。だれかれとなく配り回ったものだった。顔写真を入れたこともあったし、酒の席ではキスマークをべったり付けて、謁見《えつけん》をたまわる殿方に手の甲への口づけをゆるす貴婦人みたいな身振りで名刺を差し出したこともあった。

浮かれていたのだ。もてはやされていると信じ込んで、自分のやることなすこと、受け入れられると思っていた。狭い世界で、と注釈がつくのは、当時からうすうす分かっていた。東京よりも地元での仕事がやりやすく、わがままもいえたので、つい居心地がよくなった。おかげで地方の有名人としてお茶の間に浸透《しんとう》したし、文化人として地元マスコミ界ではそれなりに遇されるまでになった。

著書は三冊。いずれも、日常の出来事を女性ならではの視点で綴《つづ》っている。帯にそう書いてある。これといった得意分野もないのに仕事をつづけて来られたのは、きっと、運がよかったからだ。

さち子がそう思うようになったのは最近だった。どうやら少しはお利口になったようだ、とふと考える時間が増えた。そんな時間が増えたのは、たぶん、地元のテレビやラジオからほとんど声が掛からなくなったからだろう。

小学生時分から使っている自室には、畳《たたみ》の上に薄紫色のカーペットを敷いている。ネットショッピングで購入した白木のデスクとお揃いの椅子に腰掛け、さち子は足を組んでいた。つねよりきつく組んでいる。腿と腿とを重ねたところにわりと力を入れていた。

帰宅したのは明け方だった。そのまま眠って、目覚めたのは夕方間近だった。下着は昨晩のままである。鼻をうごめかしたら、部屋じゅうに匂いがこもっているようだった。それはあたしの匂いであり、鵜沢芳之の匂いであり、ふたつ合わさったあたしたちの匂いであり、と思っただけで、息が漏れる。

なにしろ三年ぶりだった。リビドーは失せたものだと思っていた。とくに欲しくもなかったし、手淫《しゅいん》の頻度《ひんど》も減っていた。べつに自ら慰めなくても、なにほどでもなくなっていた。

駆け抜けた、というのがさち子の実感だった。それがなければ夜も日も明けないという時期が確かにあった。どうかしていたと思うのは、寝起きにだって自分を慰め、高みに昇りつめるまで手綱《たづな》をしぼったことである。達するまでベッドを離れがたかった。性の相手は途切れずにいたのだが、それでも足りなかったのだから旺盛《おうせい》というはかなかった。

昨晩は、鵜沢芳之の積極性に押し切られたという恰好だった。先日はどうも、とメールを送って来たのもかれだったし、どうです、今度食事でも、と誘ってきたのもかれだった。社交辞令でなかったのは、日時と場所を提案されて分かった。

まちでいちばんのホテルにあるレストランでディナーとなった。ショットバーに河岸《かし》を変え、さち子がかれに、ヨシくん、とふざけて呼びかけたあたりから、空気がぬるくなっていった。ワインをボトルに半分弱とジントニックを一杯のんでいたが、さち子を前後不覚にさせる量ではなかった。

鵜沢芳之のマンションに「ばついち中年男の暮らしぶり」を取材する名目で寄った。この名目はぬるんでいった空気のなかで自然と出てきた。ぬるんだ空気に湿度と粘度がちょっとずつ加えられていったのだった。

しかし、さち子には、お邪魔します、と靴を脱いで上がってからも、「まさか」という気があった。「できるのだろうか」という不安もあった。潤《うるお》いが足りなかったらどうしよう。もしくは鵜沢芳之のあれが、よい子のときのピノキオの鼻くらいにしかならなかったら、どう慰めたらいいのだろう。

すぐに口づけとなった。鵜沢芳之は歳のわりには急《せ》いていた。その性急さが、さち子は嬉しかった。からだいっぱいに嬉しい。あたしだってまだ捨てたものじゃないと、そんな科白も胸をよぎった。そしたら、盛《さか》りをすぎた女になった気がした。頼み込んで男に抱いてもらっている感じもして、興奮がふくらんでいった。どちらもさち子には初めて感じたことだったのだ。

およそ一年前、乳がん検診をした際に医師から触れられたきりの乳房に鵜沢芳之の大きな手があてがわれる。かれの手のひらの幅がひろいこと、指の長いこと、その両方を実は食事の最中から観察していたことにさち子は気づいた。

鵜沢芳之の大きな手が、さち子のニットをたくし上げ、入れられる。ただちに這い上がってくる。さち子の乳首はとうにひと晩浸《つ》け置いたひよこ豆みたいにほとびていて、しかも熱くなっていた。いじられると、もっと熱くなる。ふうふうして、と幼女みたいにいいたくなる。いや、いったかもしれない。さち子の記憶は定かではないが、啜り泣くようにして鵜沢芳之の耳にささやいたとしてもおかしくない。

そのあたりでソファに移動した。Aラインのロングスカートを勢いよく捲《まく》られる。皮を剝くみたいにしてタイツを膝までひと息に下ろされる。さち子は太腿《じ》をぴったりと合わせていたのだが、鵜沢芳之の手でこじ開けられた。とはいえ無理強いではない。

さち子のそこがもう充分になっているのは、薄い布きれ一枚越しに触れば立ちどころに分かることだ。けれども鵜沢芳之はさち子に声を上げさせたかったようだった。根くらべをするみたいに指を動かす。

ある程度じっくり攻められるのがさち子の好みだと、かれは思い出したのかもしれなかった。川中ちさ子名義の著作でさち子は書いたことがある。

「時間をかければいいというものでもないけれど、時間をかけてくれないのはやっぱり寂しい」

あちこちの公園をお散歩しながら、思い浮かんだ事柄を認《したた》める体裁《ていさい》のそのエッセイの一節だ。さち子の三冊目の本だった。六年前とはいえ一応は最新刊だ。雀《すずめ》の交尾に出くわして、それを元に書いた一編のタイトルは「いとなむ、ということ」。さち子が自身のセックスライフ（とでもいうもの）に言及したのは後にも先にもこの二行だけである。

その二行を鵜沢芳之が読んでいて、覚えていてくれたのだと思ったら、さち子の胸の底で毛ほどのなにかが震えるようだった。

鵜沢芳之の短髪に指を入れた。目を開けたら、とても近くで視線が合った。軽い口づけを自分のほうからしていって、さち子は鵜沢芳之の汗をかいている額を撫でた。かれは長いまばたきをした。まぶたを下ろしたら端整な顔立ちになった。鵜沢芳之の目は男にしては大きくて、下睫毛《まつげ》が長くて、アクセントがありすぎるのだった。

ふいに感情が起こり立った。哀しいような、愛おしむような、さち子自身にもなんだかよく分からない代物《しろもの》だったのだが、むやみに激しかった。熱した油の跳ねる音が聞こえた気がした。さち子は鵜沢芳之のベルトを外した。出して、握りしめて、口に含む。

そのシーンをさち子は胸のうちで再生した。

その行為を自発的に行うのは初めてだった。


「さっちゃん」

母の声が聞こえた。歳のわりには澄《す》んだ声だ。少年少女合唱団の歌声みたいな独特の清らかさが残っている。

いま、忙しい、とさち子が答える前にドアが開いた。振り向いたら、母が立っていた。つくねん、というふうに。

「お仕事中わるいんだけど、電話番お願いできる?」

おっとりという。母は早口ではない。

「出かけるから」

と付け加えて、口をつぐむ。さち子が、いってらっしゃいというのを待っているのが見て取れる。ここであたしがなにもいわなければ、肩を落としてクルリときびすを返してみせるに決まっている。音を立てないようにして舌で上顎を弾いてから、さち子は、

「いってらっしゃい」

と呟いた。窓辺に立ち、母が玄関を出て行くのを確かめる。少し太っている母のすがたを上からながめた。うさぎの尻尾《しっぽ》みたいに白くて丸くて小さくてふわふわしている印象はいくつになっても変わらない。生活の苦労がおもてに出ないタイプなのだ。生涯清純派という感じである。

さち子が三十九歳だから、母は五十七歳だ。

処女はどっち？　とクイズを出したら、半数以上が自分ではなく母を指差すだろうとさち子は思う。

ノートパソコンを脇に抱えて、階下に降りた。

「ちさ子のエッセイ道場」というサイトを起ち上げ、エッセイの添削《てんさく》指導を有料にて請け負っている。顧客の大半が中高年だ。実入りはさほどではないが、社会貢献している気分はわるくない。

サイトはもうひとつ運営していて、こちらでは本名の中川さち子で化粧品を販売してい

た。ふたつ合わせた収入に、原稿料や講演代金を足して、ならせば、月に十万程度になる。

それくらいの収入でさち子がやっていけるのは家業のおかげだった。

会館を経営している。日《ひ》の出《で》会館といって、元は銭湯《せんとう》日の出湯だった。三十年前に父が他界したのを機に、母が全面改装に踏み切った。備品を揃えたのも、もちろん母で、費用は保険金と少々の預金で賄《まかな》ったようだった。大小四つのホールがある。町内会の各種会合や、近所のマンション管理組合の理事会や、市民サークルの寄り合いなどに安定して利用されている。

母の奮闘《ふんとう》努力のたまものだった。工務店との折衝《せっしょう》から始まって、会館運営を軌道《きどう》に乗せるまで大車輪の働きだったと、それはさち子も認めている。

さち子が九歳からの一年間は、毎日のように外出していた。

朝、母はおにぎりを十個こしらえ、それを親子の一日ぶんの食事としていた。さち子は朝食に一個、オヤツに一個、夕食に二個と計四個あたえられた。土曜は学校の給食がないから、一個増えた。母は朝食として一個たべたら、残りはバッグにいつも入れた。いったん家に帰ってきてたべることもあったようだが、大抵は、外でたべていたようだ。

公園や、デパートの屋上が、たべるのによい場所だったらしい。証券会社でたべたこともあったそうだ。そのころ、証券会社では顧客のために無料のオレンジジュース販売機を置いていたからだ。

そうやって、母は「日の出会館　利用のてびき」をあちこちに配っていた。近所の中学校の先生にガリ版刷りで作成してもらったものだった。か細い伝手《つて》を辿っていって、母は、町内会、銭湯組合、商工会議所、ライオンズクラブ、市会議員のところまで挨拶に行った。

とくに市会議員とはいつのまにやら懇意《こんい》になった。会館運営に関しては、これといって力を貸してもらう機会などなかったのだが、母はその市会議員とのつながりを大切にした。選挙のときには会館にポスターを張った。選挙事務所にも差し入れをたずさえて通い詰めた。妻とも親しくなった。真珠のブローチを頂戴したこともある。「後ろ盾《だて》」だと母はいった。その市会議員は、わたしたち親子の守り神のようなものだといいたげだった。

在学中に妊娠したので、高校を二年で退学した母の最終学歴は中学校卒業だ。だからといって、目端《めはし》がきかないとはかぎらない、とさち子は思う。うさぎの尻尾みたいな雰囲気だからといって、ぼんやりしているとはかぎらないのだ。二十七歳にして寡婦《かふ》になったからといって、めそめそしているともかぎらず、お金がないことを過剰《かじょう》に苦にしているともかぎらないのだ。

母はくたびれきっていた。しかし、それは真夜中だけのことだった。朝になったらぴんしゃんしていた。父と一緒に銭湯をやっていたときより生き生きとしていた。気分が昂揚《こうよう》しているのは、目を見れば分かった。ぴかぴかと輝いていた。目の奥に活力がみなぎっていて、その活力はひと晩たてば補充される仕組みのようだった。

花柄のビニールクロスが掛かった食卓に頬杖をつく母のすがたを、さち子は何度も見たことがある。夜中、ドアの隙間からそうっとのぞいた。

パーマっ気のない長い髪を母は自分で結《ゆ》い上げていた。ただのおだんごだったが、逆毛を立ててふくらましていたから、なかなかキュートだった。一張羅《いっちょうら》のテーラードスーツのスカートはミニ丈で、これもまた母の少女じみた可愛らしさを強調した。

これはさち子が大人になってからの感想だ。

思春期のころまでは、母は男になったものと思っていた。近所の大人たちにもそういわれていた。

「さっちゃんのおかあさんはね、おとうさんの代わりになって、さっちゃんを立派に育てようとしているんだよ」

それはその通りだし、いまでもさち子は、父が亡くなったあのときに、母は女を捨てたと思う。しかし、男に寄り添って生きていくのが似合う容姿とムードを持つ母が、娘とふたりの生活を立てていくために女をかなぐり捨てたとなれば、世間の評価は倍付けでよくなるだろう。

母はそれを十二分に承知していた、というのは穿《うが》った見方だとさち子だって思う。それは、なんというか、意地悪すぎる解釈だ。ゆるめのエッセイを得意とする川中ちさ子の見解とは思えない。そうではなくて。

母は、たぶん、自分が中心になって、なにかをやるのが好きなのだ。責任が重ければ重いほど張り切るのだ。ああ見えて、自分がやらなきゃだれがやるという状態が性に合っていて、切羽《せっぱ》詰まっていればいるほど情熱が燃えるのだ。

だから、会館運営が軌道に乗って、暮らし向きが安定してきたら腑抜《ふぬ》けみたいになったのだ。伸るか反るかの勝負に勝って、あとはこの状態を維持するだけとなり、情熱の持って行き場が失くなったように見えた。しばらくして落ち着いたが、そうなってからの母のようすは、父が存命中だったころに少し似ていた。

亭主関白だった父のいうことをはいはいと聞くように、娘のいうことを聞いている。どう考えても一家のあるじは母なのに、ちっとも恩着せがましくない。いつまでも自立できない娘を聖母のように見守っている。まるで、そうすることがすごく気に入っているように。

良妻時代、小規模ではあるがやり手の起業家時代をへて、聖母時代に入ったような、とさち子がつい皮肉っぽくいいたくなるのは、ひがみだと、そんなことは百も承知だ。母と接すると胸がざわめく。ガスの点火スイッチを入れたときみたいにチチチと苛立つ。その苛立ちは自分にも向かう。

あたしは、なにも手に入れていない。

やり遂《と》げていない、ということを突きつけられた気がちょっとする。

いちばん気づきたくないことに気づかされた感じがして、味のないものを咀嚼《そしゃく》している気分になる。

もちろん、月十万の稼《かせ》ぎで生活して行けるのは母のおかげだ。小さく暮らしていくつもりなら、問題などひとつもない。

申し分ない、と思おうとすれば思える。

しかし、さち子にはほんのりと野心があった。このままでは終わりたくないのよ、という、いささか抽象的にすぎるものだが、野心にはちがいなかった。

問題は方向だった。残念ながら、それは当のさち子にも確《しか》とは知れない。

野心の向かう先が仕事なのか、私生活なのか、よく分からない。

大きくなったら、なにになりたい？　と訊かれた子どもの返事のように、なにかこう、もうひと花咲かせたいという思いだけがある。そういうところが、さち子にはあるのだった。逆にいうと、そういうところを残したまま、この歳まで来てしまった、となる。

メールチェックをした。エッセイの添削希望も化粧品の注文も来ていない。でも、鵜沢芳之からのメールは来ていた。また会いたいと書いてあった。

さち子はゆっくりと微笑した。野心の向かう方向が定まった。支局長夫人だ。そうして肩書きはエッセイストのままなのだから、申し分ない。

2

エッセイストになる前、さち子は、まちの中心から少し離れた場所にある喫茶店でウエイトレスをやっていた。

朝七時から夕方四時までの勤務で、週休一日。月に一度は二日休んでよい週があったが、ほとんど休まなかった。休日出勤したぶんを溜めておいた。そうすれば、風邪や急用があるときに大手を振って休むことができる。

月給は十一万だった。満足していた。金遣《かねづか》いの荒いほうではなかったし、高校を卒業してすぐに就いた菓子店店員の職を三月も保《も》たずに辞めてしまっていたから、今度は辛抱《しんぼう》しないと、と思っていた。もう四年も勤めていた。

制服のない喫茶店だったが、さち子は白いブラウスと黒のタイトスカートを自分のユニフォームと決めていて、それは通勤着も兼ねていた。春秋はカーディガンを羽織り、冬はコートを着込み、トートバッグにアイロンをあてたエプロンとパンティストッキングの予備を入れて職場に通った。店で履くサンダルは掃除用具入れに置いてあった。足底がゴムのものが滑らなくてよかった。

勤め帰りには図書館に寄ったものだ。勉強机と椅子のセットといった体裁のひとり用の席に陣取って、本を読むのが好きだった。

読書の習慣はなかったが、客のひとりに、図書館で本を読んだら絵になりそうといわれ、実践してみたくなった。それが図書館通いのきっかけだった。最初は図鑑や写真集をながめるきりだったが、だんだん文章も読むようになった。面白いと思うようになるまで、そんなに時間はかからなかったと思う。

「NOTEBOOK」と書かれたきりの味も素っ気もないデザインの大学ノートを買い込んで、気になった言葉を抜き書きしては辞書で調べて意味を書いていた。

「胡乱《うろん》」とは、いいかげんであること、あるいは、胡散臭《うさんくさ》いこと。

「孑孑」はボウフラと読む。蚊《か》の幼虫である。辞書には「孑孑踊《ぼうふらおどり》」というのも載っていた。歌舞伎舞踊で、からだをふわふわさせて踊る滑稽《こっけい》な踊りだそうだ。学校の勉強を得意でも好きでもなかったことが自分でも信じられないくらい、新しい言葉を覚えていくのがさち子は愉しかった。

図書館には雑誌も置いてある。とある週刊誌にエッセイコンクールの募集を知らせる広告が載っていた。ハッとした気持ちになった。天啓《てんけい》に打たれたみたいだったの、と後年さち子が自分語りをするせつには欠かせない瞬間が訪れたのだった。

音を立てないよう注意して、そのページを引きちぎった。十円出してコピーを取るのがひどく億劫《おっくう》だったのだ。

そんな手続きを踏む間も惜《お》しいという心境を演出したかったのかもしれない。だれにって自分自身にだ。そのほうが天啓に打たれた感じが出る、とまでは思わなかったが、それに近いことを思ったのは確かだ。引きちぎって、タイトスカートのポケットにしまった紙片は携帯用の懐炉《かいろ》みたいにさち子のからだを温めた。

図書館を出て筋向かいの文房具店に行き、原稿用紙を買った。モンブランなどの万年筆も欲しいところだったが、財布の事情で取りやめた。代わりに万年筆とよく似たペン先のサインペンを購入した。どっちにしてもこの店にモンブランは売っていないのだし、と胸のうちでいった。

すっぱいブドウ！　ルサンチマン！　すかさず負け惜しみや反感を意味する言葉を並べ立て、自分自身を嘲笑した。自分自身に突っ込みを入れるにしても、とつづけて思った。その突っ込みの入れようにインテリジェンスが香った気がした。偏差値四十二の高校出身者とは我ながら思えない。

都市銀行主催のエッセイコンクールで最優秀賞に輝いた。つづけて通販会社主催のコンクールでも一等賞に輝いた。それぞれの課題テーマは「朝」、そして「ひとりの時間」で、賞金総額は三十万。

さち子にしてみたら結構な額だったが、一円も残らなかった。ばかりか、持ち出しになった。授賞式への往復交通費や宿泊代、着るもの、履くもの、美容室代などなどに費用がかさんだのである。

あのとき無理をしてでも授賞式に出席して正解だったとさち子はいまでも思っている。いずれもこぢんまりとした会場でお偉方から賞状と目録を頂戴し、写真を撮られ、ふたことみこと講評を拝聴《はいちょう》する式次第だった。

意気込んでやってきたさち子には拍子《ひょうし》抜けの内容だった。もっと華やかな、もしくは格式張ったムードを期待していたのだ。

それでもそうわるい気がしなかったのは、主催者側の重役たちから口々に容姿を誉《ほ》めら

れたからだった。才色兼備とのことである。地方でくすぶっているのは勿体《もったい》ない、という
ことをさんざんいわれた。最初の賞の授賞式でのことだ。
　会食でおひらきになる予定だったが、重役たちに誘われて、二次会三次会までついてい
った。こんなことは珍しいのだと何度もいわれた。歴代の受賞者とはこんな時間までは付
き合わなかった、と重役のひとりが糊《のり》のきいたワイシャツのカフスをちょっとずらして腕
時計に目を落とす。
　そのとき、さち子は肩を少しいからせて、ソファの座面に手を置いていた。滑《なめ》らかなビ
ロードの感触を手のひらいっぱいで味わいたくて、そっと撫でていたつもりだったが、い
つしか擦り立てるというふうになっていた。
　それがなんだか恥ずかしかった。
　さち子がうっすらと笑ったのは、恥ずかしく思ったことがほかにもあったからだった。
　エッセイコンクールで一等賞をとるのは、どうやら、おおごとではなさそうなこと。自
分の書いたものが素人《しろうと》の趣味の範疇《はんちゅう》を出なさそうなこと。自分の中東の女たちみたいな
肌合いや、くっきりとした目鼻立ち、細長いからだつきのほうが興味をひくこと。
　さち子の生活圏内では、喫茶店に勤めるウエイトレスのお姉ちゃんがエッセイコンクー
ルで優勝したことがニュースだが、都会では、そこそこの容姿の女が文章を書けることの

ほうがニュースらしい。

三次会として連れて行かれたのはたいそうシックなバーだった。入口のドアが白くて分厚い。ノブは金色で、店名を記すプレートも金色だった。ふかふかとしたソファに腰を下ろして、うっすらと笑っているこの状況。どう振る舞っていいのやら、見当もつかない。

ホテルまでは、そのコンクールの担当者が送ってくれた。

車中で、編集プロダクションを紹介しようか、と切り出される。歳のころは三十五、六のかれが幾度も小さく咳払いしながら、もしもきみに、こちらに出てくるつもりがあるのなら、と付け加えた。

さち子はとても驚いた。自分のなかに、そんな気などこれっぽっちもなかったことに気づいたからだ。東京に乗り込んで、文章で身を立てる、というような、そんな具体的な考えは持っていなかった。

それがまた恥ずかしくなる。しかし、さち子はわりとすぐに折り合いをつけた。自分自身との折り合いだった。目の前にいるこの男は、あたしとしたい一心で、編プロの話を持ち出しているんだわ。それはそれで自尊心がくすぐられた。具体的な考えの持ち合わせがなかったことを帳消しにできるとも自然に考えをめぐらせた。

あたしはそんな、とさち子は首を横に振った。無理ですよ、と呟いたら、でもね、と担当者が勢い込んだ。

さち子のエッセイを選考委員が誉めていたとつづける。なんとかさんなんかは、と作家の名を挙げ、光るものがあるとおっしゃっていたよ、と白状するように小声でいった。光るもの、といわれても漠然《ばくぜん》としすぎていてさち子には分からない。なにがどう光ったというの？　それって、どのへん？

さち子がよく分かったのは自分を見つめる担当者のまなざしだけだった。こちらのほうは、明らかに「光って」いる。なんだかんだいったって、という気分になる。これが欲しいんでしょ、と背筋を伸ばして、胸をちょっと突き出したいような。

そうして、まあ、その夜はその男となるようになった。さち子は、性の仕方は日本全国、変わらないのだなと思った。むしろ東京のひとのほうが、がつがつしているかもしれない。

二度目の授賞式に出席するにあたっては、大いに張り切った。

友人の紹介で作るだけは作っておいた年会費無料のクレジットカードでパーティ用のドレスを買った。お尻の位置を高く見せるには踵《かかと》の高い靴が必要だったし、それに似合うバッグも要った。爪《つめ》も整えたかったし、ふっくらとした唇はよい匂いのするリップグロスで艶《つや》やかに彩《いろど》りたい。

「そんな必要はちっともないと思うのよ」

そんなに飾り立てなくたって、さっちゃんはそのままでいいのに。だって、おとうさんにそっくりだから、と母は遠慮がちにいった。そっくりとはいうものの、綺麗《きれい》とはいわない。遠慮がちにでも決していわない。たぶん、母は娘を美しいと思っていないのだ。さち子だって東京のひとにいわれるまでは、自分が綺麗なほうだと知らなかった。

地元の新聞社からインタビューを受けていたのだ。

今後は？　と訊かれ、できればエッセイストになりたいです、と答えてしまった。そういう返事を望まれている感触があったし、光るものがある、という某作家の評価を伝え聞いていたことが胸にプカリと浮かび上がって、そんな言葉がつい出てきた。小さく載った写真付きの記事は、「夢に向かってスタートラインに立ったばかりの中川さん。これからの活躍が楽しみです」で結ばれていた。

エッセイストになることが、かねてからの夢だった気がしてならなくなった。新聞に載った手前、なんとかしないと、とも思った。そのためには「次の仕事」が必要で、「次の仕事」をもらうためにはおしゃれにもっと気を遣う必要があると、さち子は一計を案じたのだった。

通販会社の授賞式には選考委員がひとりだけだが、出席していた。エッセイストとして多方面で活躍している女性である。

　このときさち子は胸元にフリルをあしらったブラウスに、光沢のある素材の裾がふわりと広がるスカートを合わせていた。スカートと共布でできた幅広のベルトで大きなリボンをつくって、頭にもリボンを巻いていた。

「そういうゴテゴテひらひらした恰好は、あなたには似合わない」

　滑稽だわね。七十間近のエッセイストはさち子を見るなり、ぴしゃりといった。

「……孑孒踊をしているみたいですか？」

　さち子が応じたら、愉快げに笑った。さち子を指差し、

「面白いことをいう」

　と通販会社のひとたちに向かってうなずいた。おそらくそれが縁《えん》で、さち子はその通販会社のカタログにたまに載ることになった。衣類や生活雑貨などの新作を試して、感想を書く仕事だ。さち子自身も登場した。スカーフを巻いたり、傘《かさ》をさしたり、マグカップでお茶をのんでいるところなどのセルフポートレイトが好評で、女性誌から声が掛かった。

　三年後に本が出た。表紙はさち子の写真である。いや、そのときはもう川中ちさ子だった。

3

鵜沢芳之との交際は順調だった。

十一月になったら、週に半分は会うようになった。合鍵をもらったからだ。さち子は鵜沢芳之のマンションに足繁く通っている。行くのはだいたい午後三時だ。掃除して洗濯して、買い物に出かけて夕食を整える。いずれも家ではまったくしないことだった。

やり慣れているという振りに余念がなかった。さち子が作る夕食は、その前日母が作ったものと同じメニューだった。作り方はさりげなく母に聞いておいた。はっきりしないところはネットで調べた。かれの別れた妻は弁護士だったそうで、家事をほとんどしなかったらしい。男がふたりいたようなものだ、と鵜沢芳之は低く笑った。

「まさか、さっちゃんがこんなに家庭的だったとは」

ひとは見かけによりませんねえ、とこんな軽口が出るくらい、鵜沢芳之はさち子に馴染んできている。

「ひと粒で二度美味しいって感じかな」

ということもある。これはベッドのなかである。鵜沢芳之と性をかわす頻度は週に一度に落ち着いてきていた。十日も間があくこともあるにはあったが、仕事で疲れているのだろうから、仕方がなかった。いずれにしても、かれは時間をかけてさち子を緻密《ちみつ》に喜ばせる。もちろん、さち子も返礼する。いや、お返しではなくて、是非そうさせてもらいたいというような衝動が突き上げてくるのだった。

さち子のリビドーは完全に復活していた。エッセイストとして活動の場をひろげていったころくらいの力強さで始終脈を打っている感触がある。性的欲望。いや、単に欲望。エネルギーの元となるもの。活力があふれる。どうしようもないほどだ。目にするもの、耳にするもの、なにもかもをフレッシュに感じる。

ときには泊まって行くこともあった。

一昨日がそうだった。

朝は早起きした。歯を磨き、顔を洗う。さち子は持参してきた基礎化粧品で手入れをしたあと、下地クリームを丁寧にすり込んだ。肌の質感が均一になり、色むらもなくなり、毛穴は目立たなくなる。これがあたしのすっぴんだと鵜沢芳之にはいっていた。素顔と同じようなものなのだから、嘘ではない。

目覚めた鵜沢芳之に、

「たまご、なににする?」

と訊いた。目玉焼きにするか、スクランブルエッグにするか、ゆでたまごにするか、鵜沢芳之の希望を訊くようにしている。

「目玉焼き」

そう答えがきたら、

「ふたつでいいのね」

と念を押す。一度、ひとつでよかったのにといわれたことがあったので、それから確認するようにしているのだ。焼き上がったら皿に乗せ、食卓に運んだ。当然のように醬油《しょうゆ》も出した。トン、とちょっと音が立つようにして醬油差しを食卓に置く。パンのときでも鵜沢芳之は目玉焼きには醬油をかける。

小鉢《こばち》に盛ったサラダを食卓に置きながら、

「どっちにする?」

とまた希望を訊いた。ドレッシングとマヨネーズ。鵜沢芳之はその日の気分でどちらかを選ぶ。

「マヨネーズ」

ひと肌に温めた牛乳。トーストは一枚。鵜沢芳之の向かいの席で、さち子は昨晩のおかずの残りでごはんをたべた。

おひたしの余ったのと、焼き魚の半分と、温め直した煮物と味噌汁。汁の実は若布《わかめ》と豆腐。ほんとうに残ってしまうこともあったが、ほとんどは予《あらかじ》め多めに作っておいたり、わざと残しておいたものだった。

さち子は鵜沢芳之の視線を意識して、慎ましい女の体《てい》で箸《はし》を運ぶ。なにか訊かれたら、たべものを粗末にしたらばちがあたるというような古風さをちらつかせつつ、MOTTAINAI運動の一環よ、と冗談めかして笑ってみようと若干構えているのだが、鵜沢芳之が言葉を発することは一度もなかった。ただ、見ているだけだ。一昨日もそうだった。

視線にふと気づいたようにして、さち子は首をちょっとかしげてみせた。

「なに?」

「……いや」

と短く答えて、鵜沢芳之も首をかしげた。忙《せわ》しいまばたきをした。

そのときに、あいた間を、さち子は幾度も反芻《はんすう》した。

あまやか、且《か》つ、もったりとした間だったと表現したい。

カウントダウンという言葉が胸によぎるのは、師走《しわす》に入ったせいかもしれなかったし、鵜沢芳之に、来春異動になるだろうと聞いたせいかもしれなかった。

異動するとすれば本社の確率が高いともかれはいった。東京にマンションを持っていることも知った。

いよいよ、そのときが近づいている、と思われてならない。決断のときだ。

かれがあたしを東京に連れて行くか行かないか。

いや、そんな悠長《ゆうちょう》なことはいっていられないのではないか、とさち子は呑気《のんき》な自分をひそやかに叱った。年が明けたら四十歳だ。出産、を考えたら、猶予《ゆうよ》などないのである。

弁護士だった元妻と鵜沢芳之のあいだに子どもはいない。

きっと元妻が子作りを拒否したのだ、とさち子は踏んでいる。キャリアの邪魔になるとかなんとかいっちゃって。

さち子は鵜沢芳之に子どもの顔を見せたかった。かれが望んでいるかどうかは訊いたことがないので不明だが、それをしてあげられるのはあたしだけ、という気概《きがい》のようなものはさち子のなかに芽生《めば》えつつあった。でも、早くしないと、自分のからだに期限切れがきてしまう。

子作りを拒否した女と、作れなかった女とでは雲泥《うんでい》の差があるはずだ。元妻には頭のよさでは敵《かな》わないが、女としてならけっこういい勝負をするはずだ、とさち子は考えていた。

いってもエッセイストだし。いまでもたまに「美人」を付けて、紹介されるし。大人っぽい顔立ちのさち子は、このころになって、ようやく年齢が顔に追いついてきた感がある。

それに、鵜沢芳之からしてみたら九歳も下だ。そりゃあ若ければ若いほうがいいというおじさんもいるけど、伴侶《はんりょ》となると、話は別になるんじゃないの？　というのがさち子の意見である。

細かいところに気がついて、家庭的なのがやっぱり結局いいのだと思う。見栄《みば》えもよくて、セックスもよかったら、鬼に金棒というやつだ、とも、ほくそ笑むようにして思ってみる。

むしろ自分くらいの歳の女のほうが、若いだけの女を選ばなかったということで、鵜沢芳之の評判もきっと上がる。だからこそ、急がないと。ぼやぼやしていたら、時期を逸《いっ》する。鬼に金棒、の金棒を太くするには、子をなすことしかない。いまなら、ちょっとがんばれば、妊娠できるはずだ。

カウントダウン。

十二月はボーナス月でもある。クリスマスプレゼントはなんだろう。もしかして？　ひょっとしたら？　大人同士の付き合いなのだし、交際期間四ヵ月でプロポーズというのもない話ではないはずだ。

十二月の最初の木曜、さち子は風邪で高熱を出した。

前日まではなんでもなかった。明日、行くからね、と鵜沢芳之にメールを送ったほどだった。

鵜沢芳之からの返信は、明日は忘年会の第一弾があるので無理しなくていいとのことだった。

たとえかれのマンションに行っても、会えなかったことは何度かあった。事前に承知している場合もあるし、急に帰ってこられなくなるときもある。なにか事件が起こったら、たとえその日は大丈夫、と約束していたとしても反故《ほご》にされる。

三十九度を超えた熱にうかされて、さち子は悪寒《おかん》にふるえていた。枕元で、母が心配している。

「さっちゃん、最近、忙しそうだったから」

その通りだった。リビドーが復活してから、原稿の注文がぽつぽつと増えていたのだ。締め切りの早いものが多いのは、売れっ子が原稿を落とした埋め草だろう。しかし、さち子はそれでもよかった。こうやって、こぼさずしっかり仕事をやっていけば、手に入れられるものがかならずあるにちがいない。

「さっちゃん、冷えピタ」

薬局で買ってきた冷却シートの剝離《はくり》紙をはがして、母がさち子の額に貼ろうとする。からだのふしぶしが痛くて怠《だる》くて仕方ないのだが、さち子は、仕事も私生活もどちらも手に入れたい、と口のなかで呟いていた。

それは、母にとっての、会館運営と、ひとり娘の世話とに等しかった。しかし、そのふたつをさち子が得るには、まず夫を手に入れなければならない。それがなにより先に立つ。鵜沢芳之は、母の夫（それはさち子の父なのだが）よりおそらくずっと優れた夫になるだろう。

「……おかあさん」

お願いがあるの。

さち子は、母に、鵜沢芳之のマンションに行ってくれるよう、頼んだ。いま、からだの弱い女だとかれに思われたくなかったし、風邪の原因が仕事に熱中したあまりの疲れだとも思われたくなかった。それでは仕事ばかりしていたかれの元妻と同じになってしまうではないか。

掃除洗濯だけしてくれればいいと母に伝える。鵜沢芳之は忘年会だから帰宅は遅くなるはずだ。念のため、メモを書いて母に持たせた。(忘年会、どうでした？ これからどんどん忙しくなるだろうけど、風邪には気をつけてね さち子)

「……そのひと、さっちゃんのお付き合いしているひとなの？」

両手でメモを持って、母は静かにさち子に訊いた。

「大事なひとなの？」

と重ねる。

「そうなのね？」

さち子が浅くうなずいた。母は深くうなずいた。目が合った。母の目の奥に活力がみなぎっていた。

4

「これ、きみのおかあさんにも」

鵜沢芳之がひらたい包みをさち子に差し出す。ふたりはまちでいちばんのホテルにあるレストランで向かい合って座っている。クリスマスイブの夜である。

「いいのに、別に」

さち子はかすかに笑ってみせた。「きみ」という言い方が気にかかる。いつもは「さっちゃん」と呼ばれている。畏《かしこ》まっているのだろうか。それならそれでいいのだが、かれが母にと差し出した包みが、先ほどもらった自分へのクリスマスプレゼントと同じくらいの大きさだったことも気にかかった。だとしたら、カシミアのストールだ。

「お世話になっていますから」

「……そんな気をつかわなくても」

思いのほか、弱い声になった。鵜沢芳之からのプレゼントは指輪でもネックレスでもなかった、ということを、さち子はもう何度も心中で繰り返していた。声に力が入らなかったのはそのせいだ。しかも、今夜の鵜沢芳之は丁寧語を使っている。「きみ」といい「ですます体」といい、やっぱり緊張しているようなのだが、さち子はその理由がまだつかめないでいる。だから、まだ、希望を持っていた。鵜沢芳之が口をひらく。

「ご挨拶もしたことですしね」

「一度きりじゃないの」

唇をつぼめてさち子は息を細く吐いた。

風邪をひいた自分の代わりとして、母に鵜沢芳之のマンションへ行ってもらってから、三週間が経っていた。あのとき鵜沢芳之は母と鉢合《はちあ》わせしたのだった。

母が念入りに掃除をしたり、娘がタンスにしまったとおぼしき衣類を畳み直したり、呑み会帰りの鵜沢芳之のために雑炊《ぞうすい》を仕込んだりして思いのほか時間が掛かってしまったところへ、鵜沢芳之が忘年会を一次会で切り上げて帰ってきたというわけだった。夜九時半ごろの出来事だったらしい。

数日後、風邪がよくなってから、さち子は鵜沢芳之に謝りの電話をかけた。

可愛いねと鵜沢芳之は母をそう評した。五十七よ、とさち子がいうと、とてもそうは見えない、と心底驚いたようだった。ぼくより九歳も上だなんて。

ふいに思い出して、さち子の胸がざわめいた。そんなばかな、という思いが込み上げてくる。鵜沢芳之の口ぶりは、恋人の母親だから誉めているというふうではなさそうだった。そうして、あのとき、鵜沢芳之はこうつづけたのだ。

ぼくがドアを開けたら、殺虫剤を持って待ち構えていたんだ、と鵜沢芳之は思い出し笑いをした。どろぼうかもしれないと思ったらしいよ。怪しい素振《そぶ》りを見せたら、殺虫剤を目に噴きかけて「げきたい」しようとしたんだって。可愛いね、と鵜沢芳之はまたいったのだった。とてもそんな歳には見えない。

さち子は鵜沢芳之の目を見た。その視線を受け止めて、

「……実は、会社にこられてね」

と、かれは椅子に腰掛け直した。

「きみのおかあさんじゃなくて、市会議員の」

次の選挙では知事に立候補するって噂の、ほら、と鵜沢芳之はその市会議員の名前をいった。

「……ああ」

「懇意にしてるんだってね」

きみたち親子は身内も同然だといっていた。

「参ったよ」

鵜沢芳之は浅く笑った。それから、

「誤解させてしまったのなら、申し訳ない」

と頭を下げた。テレビでよく観る謝罪会見をする企業トップのようだった。型をやってるという感じである。いうなれば、胡乱。さち子は胸のうちで呟いた。ちっともわるいなんて思っていないに決まっている。

顔を上げ、もともとぼくは、といいかけた鵜沢芳之をさち子は手で制した。

孑孑踊。むかし、大学ノートに書き込んだ言葉が胸に浮かんだ。滑稽だわね。七十間近のエッセイストの言葉もすぎていった。母を責める気にはならなかった。せっかくいいところまでいっていたのに、となじりたいのだが、でも、母のせいではない気がする。と、思いたいのは、少なくとも、鵜沢芳之には、さち子から母へ乗り換えるつもりなどなさそうだからだ。そんな、いわば当たり前のことでほっとしている自分がさち子はわびしくてならない。ひどく惨《みじ》めなのはいうまでもない。ばかにするなともいいたい。ひとをその気にさせておいて、と安っぽい泣き言のひとつもいいたくなる。しかし。

「このままじゃ終わりたくないのよ」

ゆっくりと、さち子はいった。鵜沢芳之の表情が一変する。面倒なことになって来たという不快感を隠そうとしない。顎に手をあて、さち子を見ている。目を細めている。

「……まあ、少し落ち着いて」

鵜沢芳之が抑揚なくいった。

「だって、あたし、いままで、なにひとつやり遂げていないんだもの」

さち子は太い声を出した。隣のテーブルからひそひそ声が聞こえてくる。ねえ、あのひと、川中ちさ子じゃない？　そうよ、川中ちさ子だわ。やっぱり素敵ねえ、とささやきかわす中年の女たちのグループに向かって、さち子はにっこりと笑んでみせた。それはすでにかのじょの習《なら》い性《しょう》となっていたので、どうしようもなかった。

努力型サロン

1

夫は海外出張中だ。

ＩＴ関係の会社を経営していて、月に一度は上海《シャンハイ》に行く。現地に関連事務所があるのだった。十日は帰って来ない。だから、夫婦がともに暮らすのは月に二十日間という計算になる。帰宅時間が遅い上に休日出勤もめずらしくないから、まるごとふたりで過ごせる一日は滅多にない。これでも落ち着いたほうだ。新婚のころはもっと、ずっと、忙しかった。上海事務所を立ち上げる時期と重なっていたのだ。

国枝久美子に不満はなかった。身を固めてから海外事業に乗り出すつもりでいると最初のデイトで聞かされていたからだ、というのはおそらく建前で、久美子が不満を持たずに済んだのは、「妻」になったからだろう。恋人時代とは立ち位置が変わった。目線も変わったのかもしれない。

親戚から見合い同然に引き合わされた縁《えん》だった。結婚への道筋を歩いて行っているはずなのに、言葉や態度や目遣いに普段とちがうニュアンスをわざわざ感じ取って、不安に駆られた。そのころ、久美子は三十の半ばにさしかかっていた。

年も含め、いくつかの引け目をやや大げさに挙げてみては、嘆息していたものである。

整っているといえば聞こえはいいが面白みのない顔立ちだし、だれとどんな会話をしても、とりなすような発言しかできない。親も親戚も法曹関係者だが、頭の出来具合は中の中というところ。こんな自分が、野心をあかあかと燃やす男の目から見て、魅力的に映《うつ》るだろうか。

起業家という肩書きを取り去ったかれ自身が魅力的かどうかは別にして、という冷ややかな意見は、頭の片隅に小さくあった。名士、に、地方の、と但し書きを付けて考えることもあった。

そんな言葉を胸に浮かべたら、上下の唇がわずかに離れた。口元に力を入れていたようだった。咳払いをしてから、換言したのを覚えている。不足のない生活を女に約束できるのは、男として、確かな魅力だ。確かで、大きな、魅力である。

久美子がかれに惹《ひ》かれたのは、かれが地元でそこそこの富裕層に名を連《つら》ねているからではなかった。少なくとも、それがすべてというわけではない。

すがただけ眺《なが》めると、どうという男ではなかった。四十間近の太り方をしている。割合大振りな顔立ちで、目は目、鼻は鼻、とそれぞれのパーツが独立して主張しているようだった。口は口だ。唇の輪郭がはっきりしていて、口角に締まりがある。気宇壮大《きうそうだい》な「今後の計画」が次々と飛び出てくる。

その「今後の計画」を、きっと実現させるのだろうと思わせるのが、かれの首の後ろ側だった。張りがあって、つやつやしていて、活力がみなぎっている。

行く手にどんな困難や障害があっても乗り越えてみせる。逆風どころか暴風雨だってなんのその。とにかく、途中でなにが起こったとしても目的地に辿り着いてやる、といっているようだった。

こういう男に伴侶として選ばれたい、とは、かれに出会って、初めて気づいたことだった。仕事の合間に呼び出されて、静かな店で落ち合ったら、すぐにしなだれかかりたくなった。平熱が高めの男だ。衣服に触れただけで、熱を感じる。それだけでセクシーな気分になった。重なり合いたいというよりは、庇護《ひご》されたい欲求のほうが強かった気がする。なにも持たない者として、この男の、このからだに、守られたい。

結婚したときは、知り合いの女たちから、表現の差こそあれ、うまくやったものだ、といわれた。もしくはそういいたげな目で見られた。そのときには、下品なことをいったり思ったりするひとたちを、可哀想にと考えるようになっていた。

わたしは、夫の価値を、お金や地位に置いているのではない。知り合いの女たち全部にこういってやりたかった。

しかし、いえばいったで、あからさまに鼻白《はなじろ》まれるに決まっている。人柄がよかったからといっても同じだろう。逆に正面切って憎まれるようになるかもしれない。ここぞというところで綺麗事《きれいごと》を口にする女は、久美子だって大嫌いだ。

だが、わたしの場合は、ほんとうなのだ。夫が手に入れた、いわゆる成功は、かれの人柄と奮闘に依《よ》るもの。お金や地位は単なる結果。自分が好きになったのは、結果を生じさせた理由のほうだと久美子は思う。

だから、知り合いの女たちには、口をつぐんだ。波風は、できれば立てないほうがいい。なにを訊かれても、おっとりとした微笑を浮かべていた。

目を細め、顎を引き、下唇を軽く嚙むようにして両の口角をゆっくりと均等に持ち上げる微笑の仕方は、久美子の癖《くせ》だ。以前とちっとも変わっていないはずなのに、新たな意味が加わった。なんか、その気になってるんじゃない？　超奥さまって感じ？　ごきげんようとかいい出しそうと、高校時代の仲よしだった友人たちから、口々に冗談めかしていわれたことがある。

そうね、その気になってもおかしくないわね。

自嘲《じちょう》するように肯定し始めたのは、結婚して間もなくだった。夫から、ほんとうに、なにも持たない者として庇護されていた。腰を落ち着けて仕事をするために身を固めたい、と夫がいっていたのは、ほんとうだったのだ。むずかしいことをいわない、おっとりと微笑する、妻という女が家のなかにいれば、それでよかったのだ。

だから、かれは、安心して、宝島を探しに出かけることができるのだ。そもそも地図は持っていた。スティーブンソンの海洋冒険小説に喩えたら、帆船《はんせん》ヒスパニオラ号に一緒に乗り込む船員たちも集めていたと思われる。あとは大海原に漕ぎ出すだけで、そのためには、港で手を振る女が必要だったのだろう。かれの無事だけを祈り、おとなしくして待つ女だ。ひたすらかれを待つ家を、自分の宝島と思える女。帆船ヒスパニオラ号に乗り込んで、かれとともに宝島を目指す女ではない。

すぐにでも子どもが欲しくて婦人科のクリニックに通い出した。不妊治療に精を出した時期もあったが、ホルモンがどうとか、筋腫《きんしゅ》がどうとか、内膜《ないまく》症がどうとかと些細《ささい》な問題点が発見されるばかりで、成果は得られなかった。第一、重なり合う機会は結婚前からそう多くなかった。どちらにしたって、そそくさとした行為には変わりない。ちょっと触ったのち、入れて出してを夢中で繰り返すのだが、七、八回のものである。結局は、「自然にまかせる」というところに落ち着いた。

今年、結婚八年目。夫は四十七歳で、妻は四十三歳だ。

おそらく、子どものいない夫婦になる。そそくさとした行為はほぼ絶《た》えているが、気にならない。ばかりか、面倒事が片付いたと思うときもある。そう思う回数のほうが行為の回数より多くなった。だからといって、ぎくしゃくした雰囲気にはならない。その他の理由でも喧嘩をした記憶がない。関係は良好といえるし、夫の会社は、こんなご時世にもかかわらず順調に業績を伸ばしている。東京に支社を開設する予定もあるようだ。詳しくは知らないけれど。

一昨年、運転免許を取得した。小さな国産車を買い求め、ひとりでドライブする愉しみを覚えた。

夫が海外出張中のときに、遠くまで足を延ばすようになったのは去年の秋からだ。一泊二泊滞在して帰って来ていたのだが、今年の春には一週間になった。温泉地や景勝地で、のんびりと過ごす。本も読む。子ども時分は冒険物が好きだったが、いま、気に入っているのは恋愛小説だ。恋をしていたころを思い出す。ただし、相手は夫ではない。すごく、すごく、好きだった男の子のことだ。すごく、すごく、好きだった記憶を反芻してはうっとりと目を閉じる。

不足のない生活を送らせてもらっている。めぐまれている、と思う。たぶん、きっと、わたしは、ほんとうに、宝島に着いたのだ。だが、からだは、かれから離れている。心も離れたら、なにもかもだ。

2

よかった。友だちがみんな、うちに泊まることになった。

久美子はそっと喜んだ。胸元で合わせた手の指先だけで拍手をしている。高校時代の仲よし四人グループで、むかしみたいに夜通し賑《にぎ》やかにやるつもりだ。

「……実は、一応、用意だけはしてきたのよ」

最後まで態度を保留にしていたあずりんがそういったのは午前零時の少し前だった。終電を逃《のが》すかどうか瀬戸際《せとぎわ》の時間帯で、ようやく腹を括《くく》ってみせたというわけだった。家に連絡を入れないところから察するに、最初から泊まる気でいたのだろう。

「外泊なんて結婚して初めて」

あずりんが、エコバッグから音符の柄《がら》の入った巾着《きんちゃく》袋を取り出して、家から持ってきたパジャマを見せる。巾着袋は、あずりんの子どもが小さいころに通っていた音楽教室で使っていたものらしい。音楽教室に通わせていたのが上の子か下の子かは分からない。でも、あずりんの物持ちのよさは分かった。あずりんの子どもたちは、確かもう、社会人なのだ。

「結婚生活二十五年にして外泊が初めてってどうなの？」

あずりんが浮き浮きした調子でだれにともなく問いかける。ヨーグルトかなにかの懸賞で当たったというシルクのパジャマを胸にあて、皆に見せびらかすようにする。

「どうなの、って訊かれても」

頭頂部を掻《か》きながら、にやついているのはペコちゃんだ。

「どうなんだろうって感じ」

奥さんってそんなもんなの？　いくつになってもカゴのなかの鳥ちゃんなの？　と久美子に訊ねる。久美子が首をかしげようとしたら、

「だんなには、クーのところに泊まるっていってきたんでしょ？」

とミドリがあずりんに確認した。

「いってきた」

いってきましたとも。めっぽう陽気なあずりんの返答に、

「じゃあ、なんで、帰ろうかなあ、どうしようかなあ、なんていって、夜中まで進退を引

っ張ったのかなー」

ソファの座面に足を引き上げ、ペコちゃんが短くてむっちりとした腕を組む。

「主婦ってそんなものなの？」

なにかと勿体をつけがちなひとびと？　また久美子に訊ねる。かぶりを振ろうとしたのを途中で止めて、久美子が答えようとしたら、

「家庭に操《みさお》を立ててますみたいなスタンスをわれわれに表明したかったんじゃない？」

ミドリが細い顎を上げた。

「アピールってこと？」

ペコちゃんが愉快そうにミドリに言葉を放《ほう》る。

「われわれ独身陣に？」

あたしはちゃんと家庭を切り盛りしている真面目な主婦です、って？　手を打って笑う。

ペコちゃんとミドリは独身だ。職業はそれぞれイラストレーターと高校の教員。ペコちゃんはイラストだけではたべていけないので、知り合いが経営するバーの雇《やと》われママにおさまっている。小さなからだでよくたべ、よく呑む。奔放な言動はむかしから変わらない。

逆にミドリは硬い子だった。ことに、八年前「大人の恋」をする前の一時期は過剰なほど行儀よくしていた。恋愛に縁がなかった引け目がそうさせていたのだと久美子は思っている。「大人の恋」が、ペコちゃんいわく「ぽしゃって」からしばらくは鬱屈《うっくつ》していたようすだったが、四十歳をすぎたあたりで、顔つきがさっぱりした。さばさばとした女を自認するようになり、いまではシニカルな物言いを専売特許《せんばいとっきょ》としている。

「高三でできちゃった婚を決めたあずりんに真面目っぷりをアピられてもねー」

げらげら笑うペコちゃんにあずりんが抗議する。

「だからこそ、頑張ってきたんじゃないの。ひとさまに後ろ指をさされないようにっていうか。ほら、あたしってどっちかっていうと昭和の人間だし」

「どっちかっていわなくても、実際、昭和生まれだし」

ミドリが薄笑いを浮かべた。ていうか、まあ。

「昭和は遠くなりにけり、ですよ」

ミドリの言《げん》に久美子は浅くうなずいた。放心したうなずきようだったと気づき、顎を深く引くようにうなずいてみる。ここにいるのは全員四十三歳だ。高校を卒業してからも連絡を取り合っては食事したり呑みに行ったりしていたのだが、久美子が結婚してからは、久美子の家に集まるようになった。

「ていうか、あのね」

あずりんがシルクのパジャマを胸から下ろして膝に置いた。ペコちゃんに向かって、

「できちゃった婚じゃなくて、このごろじゃ授《さず》かり婚とかおめでた婚とかいうの」

と訂正を申し入れる。久美子は目を伏せて無関心の振りをした。妊娠の話はほのかに耳に障る。思い出すからだ。

何度も検査を受けた。痛い思いをして注射を打ったり、薬を服《の》んだりした。「妊娠できるからだ」を作るために、栄養に気を配り、その上サプリメントを何種類もとり、漢方薬にも手を出した。水泳教室に通ったりウォーキングをして血行をよくし、子宝運を上げるため風水も実践した。

タイミング法も取り入れた。主治医がいうには、基礎体温表から排卵日を予測し、八時間おきに採った尿から排卵時間も予測して、その六時間前から排卵直前までに「夫婦生活」を持つのがベストのタイミングなのだそうだ。

もちろん多少時間をずらしてもかまわないらしい。しかし、久美子と夫の場合、そのタイミングすら合わなかった。単純に時間が合わないケースがほとんどだが、合わせようと思えば合わせられるケースでも、夫は協力的ではなかった。いわゆる「できちゃった婚」をする有名人カップルのニュースを聞くたびに、しらけた気分になったのは、このころ

だ。妊娠が結婚のきっかけになるというのが、なんとなく釈然としなかった。あずりんがいうにはできちゃった婚ではなく、授かり婚とかおめでた婚というらしいが。

「どっちでもいいよねー」

ペコちゃんがいったら、

「言い換えと言い逃れは紙一重《かみひとえ》だよねー」

ミドリが調子を合わせた。ねー、と顔を傾け合って、あずりんを苛々《いらいら》させようとする。思惑通り、ちょっとなんなの、それ、とあずりんが気色《けしき》ばんだ。本気と冗談の間くらいのばみ方で、それがあずりんの持ち味だった。久美子の役目はおっとりと笑ったのちに、強張《こわば》った空気を元に戻すこと。つまらない役回りだが、自分には合っていると思う。

「たぶん、あずりんはわたしたちのなかで一番まともよ」

と、なるべく柔らかな声でいった。含みはないつもりだ。

「まともかー」

「まともねえ」

ペコちゃんとミドリが同時にいう。

「まあ、結果的にはそうなるかもね」

だんなひとりに子どもふたり。いわゆる女の雛形《ひながた》ってやつだし。ミドリが久美子を横目で見る。久美子の胸のうちがわずかに騒いだ。ミドリには、もう少し、なにかいいたいことがありそうだ。たとえば、クーのいうまともって、ちょっと下のクラスで平々凡々ってことなんでしょ？　とか、そりゃ子どもはいないけど、クーは、いま、申し分なく幸福なんじゃない？　というような。

夫が、子作りに関して身構えるようになったのは精液検査の話をしたあたりだと思う。排卵とか、精液とか、なまなましい単語が妻の口から出るたびに、唇を少し歪《ゆが》めてみせた。そんなことまでして、という呟きは幾度も聞いた。その後、夫はこぶしを握って両腕を上げ、大欠伸《おおあくび》をするのだった。あるいは、肩が凝《こ》ってかなわないというふうに、ぐるぐると首を回した。

子どもは欲しいようだったが、久美子の目からは、ずいぶん無邪気な欲しがり方に見えた。作ろうと思って作るものではなく、できてしまうものと考えているふしがある。

夫の首の後ろ側は、相変わらず、張りがあって、つやつやしていて、活力がみなぎっていた。朝、隣のベッドで目覚めたときに見るよりも、夜遅く帰って来てソファにどさっと腰を下ろしたときに見るほうが、生命力に溢《あふ》れていると久美子は思う。どんなにたくさん放出しても底をつかないスタミナがありそうだ。

「ご主人は？」

いつ帰ってくるんだったっけ？

ミドリに訊かれて、久美子は鳩尾《みぞおち》に手をあてがった。ネックレスに指が触れる。チャームの部分だ。いくつかの天然石が花のかたちにおさまった愛らしいものである。

あずりんの夫を「だんな」、久美子の夫を「ご主人」とミドリが呼び分けたのがほんの少し気にかかる。久美子は、あずりんに対しては皮肉、わたしに対しては揶揄《やゆ》の気配がある、と感じたがすぐに思い直すことにした。ミドリ特有の礼儀正しさの表れにちがいない。

「……来週の水曜に帰ってくるんじゃないかしら」

久美子は、キッチンカウンターに載せた卓上カレンダーに目をやって答えた。夫の不在期間が、升目を横断した棒線で示されている。九月二十一日から三十日までだ。そうして今日は二十一日。朝、いってらっしゃい、気をつけてね、と見送った夫は、いまごろ、上海だ。「現地の有力者」と顔つなぎの一杯でもやっているはずだ。

「クー？」

ペコちゃんに呼びかけられ、驚いた。カレンダーの升目に引かれた棒線のはしに付いた矢印を見ているうち、目の焦点《しょうてん》が合わなくなっていたからだ。

3

先月末に一週間滞在したのは、海辺のまちだ。久美子の住むところからは、安全運転で五時間の距離である。

高速道路を下りて、駅前周辺だけが栄《さか》えているような市街地をすぎ、海沿いの道を走り、トンネルをいくつか抜けた。古びた一戸建てが集まった界隈《かいわい》を感覚的には一瞬で通りすぎると、ひらけた場所に出る。岬の先端まで螺旋《らせん》状に登っていって、感じのよい温泉ホテルに到着した。

ホテルでやることは大方の宿泊客と多分同じだ。窓から景色を眺めたり、温泉につかったり、レストランで食事をしたりする。久美子はその合間に恋愛小説を読んだ。

小説を読むのはそんなに早くない。分厚い本だったから、一冊がやっとだった。読み終わった本は、よろしかったらどうぞとメモを付け、部屋に置いていくことにしていた。客室係に手渡す場合もある。先月はそうだった。

若い女の従業員だ。色が白くて、丸顔である。歳は二十を出たかどうかだろう。長い髪を真んなかで分け、後ろでひとつに結わえているのは久美子と同じだが、白髪は一本もなさそうだ。青白い地肌からはえる髪の毛が健康的な黒さである。

本を進呈したら、たいそう喜んだ。奥二重の目を見ひらき、いいんですか、と何度もいった。上気したほっぺたはピーチソーダの飲み口を思わせた。弾《はじ》ける泡が喉を通っていくようだった。

客室係の制服は、ワンピースだ。水色のストライプが入っている。同じ柄のエプロンの幅の広い肩ひもにはヒラヒラが付いていて、その若い女によく似合っていた。肥満というほどではないのだが、全体的にぽっちゃりしている。眉は整えているものの化粧気がない。鄙《ひな》びたまちの温泉ホテルで、毎日、よく働いている感じだ。

あくる日も言葉を交わした。出立《しゅったつ》する前日だ。なんだか話をしてみたくて、「掃除をしてください」の札をドアノブにかけておきながら、部屋のなかにいたのだった。切り株みたいなかたちの掃除機を携《たずさ》え、伏し目で入ってきた若い女が、久美子に気づく。

「なんでー？」

かぷっと口をあけて驚くのが面白かった。会話してすぐ、かのじょが本をひと晩で読み終えたことが分かり、感想を聞きたくなった。

愛人と妻が同時期に出産して、夫は困っているのだが、実はふたりの子どもの父親は別にいるという小説である。

かのじょがどんなふうに感じたのか、久美子は知りたかった。素朴に見えても、近ごろの若い女にはちがいないのだから、あっけらかんとしたものだろうと予想していた。ベッドメイキングをしながら、若い女がいう。

「赤ちゃんの父親が別にいるってところが、びっくりしました」

「そう?」

「だって、産んだのは奥さんと愛人じゃないですか」

「そうね」

「ふたりとも、だんなさんが好きだから、奥さんと愛人になったんですよね」

「ということになるわね」

椅子に腰掛け、足を組み、微笑を絶やさない久美子に、若い女がアッパーシーツを掛けながら、それにー、と語尾を伸ばした。

「ふたりともだんなさんの子どもが欲しいようなことをいってたし」

「そうじゃなくて」

ふたりは、だんなさんに「子どもが欲しい」っていったのよ。久美子はかのじょの言を訂正した。アッパーシーツをマットレスとベッドボトムに挟み込んでいた若い女が、でもー、と、唇をとがらせた。

「男のひとに『子どもが欲しい』っていったら、普通、そのひとの子どもが欲しいってことになると思うんですけど」

「男のひとはそう思うでしょうね」

「女のひとはちがうんですか？」

「ただ、子どもが欲しいと思うひともいるんじゃない？」

もちろん、だれの子どもでもいいってわけじゃないけど。

久美子が割合大きく口をあけて笑ったら、若い女もかすかに笑んだ。頰のふくらみがなにより目立つ横顔である。

「結婚したんだから、子どもでも産んでみようか、という気になるひともいるかもしれない」

なにかこう確固としたものを築くために？

というか、とさらに意見をいおうとして、久美子は口を閉じた。

言葉だけでいっている気がした。自分が、なぜ、子どもを欲しかったのか、をだ。実のところ、よく分からない。結婚生活のなかで、努力したといえるのは不妊治療だけだったのに。

「……あたしは好きなひとの子どもが欲しくなる派なんです」

若い女の声が間近で聞こえる。久美子は顔を上げた。さっきまで掃除機の作動音しかしなかったのに、とそんなことを淡く思った。

「いいんじゃない？」

おっとりと微笑んだ。

「とてもいいと思うわ」

案外低い声が出た。このくらいの歳のころには、子どもなんて、欲しいと思ったら簡単に手に入ると信じていた。用心を外《はず》したら、できてしまうものと思い込んでいたのだ。

自分が不妊治療に努力したのは、できてしまうもののはずの子どもが、なかなかできないので、むきになっただけなのではないかと思えてきた。それはたぶん、と考えを進めていく。証明のためなのではないか。

女特有の機能がちゃんと備わっていると、わたしは、わたし自身に証明してみたかったんだわ、と胸のうちで言葉にしてみたら、「発見」した心持ちになった。わりとすぐにがっかりしたのは、「発見」の凡庸《ぼんよう》さに気づいたからである。だれしもが思いつくようなことしか思えない自分自身にも少し落胆した。少しで済んだのは、そんなこと、とうに知っていたからだろう。

「好きなひと、いるの？」

若い女にやさしく訊ねた。若い女はちょっと困った顔をした。さほど大きくない黒目がちらちらと動き、

「好きだったひとはいます」

と煙を吐き出すようにいった。唇を結んでみせる。手痛い失恋をしたばかりと久美子は踏んだ。

「元気、出して」

目の前にいるこの若い女を可愛いと思う男は、この先きっと現れるはずだ。

「ありがとうございます」

体育会系の部活動をしている女子みたいな、切れのいいお辞儀をして、若い女はひとり笑いを浮かべた。エプロンをかけた腹部に手をあてがい、さすり始める。そのようすを久美子はじっと見ていた。

すごく、すごく、好きだった男の子のことを考えていた。

かれと付き合っていたのは高校時代だったから、二十年以上も前だ。クラスはちがった。あずりんの彼氏と同じクラスで、修学旅行の実行委員長になった男の子だ。

上背《うわぜい》はないが、厚みのあるからだつきをしていた。蛙《かえる》の鳴きまねを得意としており、六歳だか七歳のときに会得したと自慢していた。下校途中にある公園のベンチに腰を下ろし

て話をして、夕日がふたりを浸《ひた》すころ、卵を包むようにした両手を口元に持っていって、蛙の鳴き声を真似してみせてくれるのだった。

付き合っていたといっても、唇を合わせるだけのことしかしていない。よく思い出すのは、唇の感触ではなく、口づけを交わす寸前に見せるかれの表情とムードである。

普段は、久美子が、たとえば、家で飼っていた猫がお腹をこわしたという話をしたら、一応、うなずきながら聞くものの、最後にかならず、「で?」と落ちを要求した。

久美子の話を聞くときは、右のてのひらを頰にあてるのが癖だった。右肘は、右の膝に付けているから、上半身が前方右に傾いている状態である。大抵は、どうでもいい話をしているな、とにやにや笑っているのだが、そのゆるんだ表情が差し迫ってくることがあった。

小さな黒目の放つまなざしの質がまず変わる。固体が液体になるようだった。からだの内側に灯《とも》ったランプに温められ、胸がしめつけられている感じ、が、融《と》け出す。ひどくやるせなさそうなのは、たぶん、欲しい唇がすぐそこにあるからだ。かれが前方右に傾けていた上半身を起こすのは、そうしなければ、液体となったものが滴《したた》り落ちてしまうからだと思う。

高校を卒業する前に付き合いが終わっていた。かれが、告白してきた下級生とデイトしたのがきっかけだった。なんとかさんと映画を観た、とこともなげに報告するかれに久美子が我慢できなかったのだ。

一度だけでいいっていうから、というのが、かれの言い分だった。ちっとも悪気はなさそうだった。好きでもなんでもない女の子と一緒に映画を観たくらいで大騒ぎする久美子のほうがおかしいといいたげだ。

でも、その女の子はあなたが好きだったんでしょ、というと、大事なのは、その子の気持ちじゃなくておれの気持ちだという。一度だけでいいってお願いされたらなんでもするの？　と訊ねたら、仮定の話に答えてもしょうがない、と相手にされなかった。「で？」といつもの調子で落ちを要求され、久美子はかれの頬を思い切り平手で張った。

「肝焼《きもや》ける彼氏ですね」

自分の気持ちが大事とか、仮定の話とか、なんとなく筋が通っていそうで、イラッとする。デイトはデイトでしょうが。若い女がバスタブを清掃しながら明るく笑った。「肝焼ける」とはかのじょの故郷の方言で、苛々して腹が立つという意味らしい。

「かれとは成人式以来、会ってないの」

そのときだって、会場で見かけただけだった。大学を卒業してよそのまちに就職したと同窓生のだれかから聞いたのが、かれについての最後の情報だ。

「来世で結ばれたらいいですね」

「結ばれる？」

若い女の口にした言葉を復唱し、久美子は首をかしげた。

「結ばれる」には、結婚する、と、性をかわす、のふたつの意味があると思った。どちらの意味でかれと「結ばれたい」のかといえば、さしあたり、性をかわす、のほうだった。

正直にいうと、そうなる。すごく、すごく、好きなのに、重なり合わなかったという後悔は、すごく、すごく、好きなのに別れてしまった後悔に勝《まさ》るような気がする。

想像してみることがたまにあった。かれが夢に出てきた後の一週間ほどは、そのことが、なんだか頭から離れない。夢のなかでは、久しぶりに再会したかれと、近況を報告し合うきりである。再会したかれと、その後どうなるかを想像するのは、目が覚めてからだった。かれは、どんなふうにするのだろう。

口づけの記憶を起点にして、かれの手を自分の胸まで下ろしてみる。衣服の上から触らせてみる。かれは、じかに触れてみたくてならなくなる。そのとき久美子が着ているのは、いまいちばん気に入っている絹《きぬ》のワンピースだ。ほっそりとしたラインで膝丈。襟がわりと深く開いていて、色は葡萄《ぶどう》色。裾に少しだけフリルをあしらっている。

深く開いた襟に、かれが手を忍び込ませる。ブラジャーのカップにてのひらをあてがったと思ったら、すぐになかに入ってくる。そのとき久美子がつけているのは、イタリア製の下着である。ラベンダー色をしていて、レースが豪華なものだ。スリップ、ブラジャー、ショーツをお揃いにしている。

ふたりが睦《むつ》み合っている場所はホテルの一室だ。いつだったか、女性雑誌で見かけた、確か中東のどこかの国のホテルの部屋がいいのだが、細部は思い出せない。だが、とにかく、その部屋にいることにして、しかも窓辺でまずワンピースの背なかのジッパーを下ろされるところまで済ませたい。なぜ窓辺でそうなっているかというと、ふたりはホテルで落ち合うことになっていて、そうして久美子が先に来ているからだった。先に来ていて、窓から景色を眺めていたら、首筋にキスをされ、かれの到着を知ったのである。

こまごまとした事柄をひとつひとつ決めていくので、行為に辿り着くまで時間がかかった。だが、時間をかけるだけの価値がかれとの行為にはあるのだった。もちろん、久美子の頭のなかだけの話だが。

かれのやり方は、丁寧で、正確で、たっぷりとしているにちがいなかった。その癖、野蛮で、強引なのだ。かれとなら、完全に「結ばれる」と思う。子どもができる、できないという案件は、そのとき、久美子の胸のうちに上がってこない。ベストなタイミング以外は重なり合う気にならない実際の生活とは大きくことなる。

だが、かれとは結婚という「結ばれ方」をしたいとは思わなかった。なにしろ、もう、二十年以上も会っていない。

どこでなにをしているのかも、どんな男になったのかも知らないのだ。そもそもかれの顔立ちだって、はっきりと覚えているかどうか自信がなかった。覚えているつもりでいるのだが、合っているかいないかは確かめようがない。久美子が持っているのは、いきいきとした記憶だけだ。すごく、すごく、好きだったという記憶である。

「あたしは、やっぱり、あのひとと結ばれたいです」

来世でいいから。部屋の清掃を終えた若い女が豊かなほっぺたを赤くしていった。思いの丈を口にしたようだった。

ああ、この子は、「あのひと」と、結婚して、重なり合って、子どもを産みたいのだ。それが、この子にとって、「結ばれる」ということなのだ。どれかひとつでも欠けたら、「結ばれる」ことにならないのだろう。

「素敵ね」

抑揚なくいった。半拍置いて、おっとりと微笑してみせる。上等な肉を口のなかに入れたような感じがした。ほんのり甘くて、すぐさま融ける。ただし、獣の味はするのだった。この子と同じ考えをしていたことがあった。すべての欲求がひとりの男でまかなえると思っていた。それが普通だと考えていたし、本能にちがいないと信じていた。

若い女の顔を見ていた。やはり、むかしの自分にどことなく似ていると久美子は思う。二十歳のころはこんなふうだった。ぽちゃぽちゃと肉が付いていたせいで、端整な顔立ちに気づくひとはいなかった。ムードも洗練されていなかった。

視線を下げていって、からだつきを検分するように見る。若い女はややふっくらとした腹部を、円を描くようにしてさすっていた。

「……あ」

とても小さな声が久美子から漏れた。若い女の仕草は、自分がやってみたくてならなかったものだったとふいに気づいた。クリニックの待合室で見かけたことが何度もある。腹部に手をあてがい、そっとさする、妊婦たち。

「そのひとが、そんなにいいの？」

ささやくように訊いてみた。

「……でも、いいんです」

あたしは、きっと、これだけで、と若い女が手の動きを止めた。ぽん、と軽く叩く。

「すごく幸せなんじゃないかなあ、と」

思ったりするんですよ。さみしいような笑みを浮かべて、若い女がうつむいた。

おめでたなの？　とか、何ヵ月？　と久美子が訊ねる前に、若い女が顔を上げた。

「子どものためなら、がんばれると思うし」

苦労とかしても、と口元に力を入れる。腹部をさするのを再開し、幸せにするために、
と主語を省略してつづける。あたしは。

「努力します」

4

三LDKを二戸、壁を「ぶち抜いて」、くっ付けた住まいだ。ひろびろとした居間にふとんを四組のべ終えた。今夜は雑魚寝《ざこね》でいこうと思う。修学旅行か、合宿の夜のように。

「やっぱり資格があったほうがいいと思うのよね」

枕に腰を下ろして、あずりんがいう。四組のふとんは二組ずつ、頭のほうを向かい合わせてのべていた。あずりんと久美子がバルコニー側で、ミドリとペコちゃんが部屋の内側に陣取った。既婚チームと未婚チームの間にワインとチーズと枝付き干しぶどうと乾き物

のおつまみが盆に載っている。

「ヘルパーとか、そういう介護関係の資格があったら、仕事に困らないじゃない？」

あずりんは近所のスーパーでパートタイマーとして働いている。日用雑貨売場の品出し係だそうだ。

「じゃ、資格、取ればいいじゃん」

ペコちゃんがこともなげにいった。ボーダー柄のTシャツにホットパンツを合わせている。Tシャツは大きめだったので、襟が開いていた。丸々とした肩を片方出している。笑ったり、身動きするたびに、胸が揺れる。

「取りたかったら、取ればいいじゃん」

ミドリみたいにさー、一生たべていけるやつ、といわれたミドリは、ペコちゃんからのバトンを引き継ぎましたという顔をして、深くうなずいた。口をひらく前にあずりんが機先を制しようとする。いっときますけど。

「あたしは『資格があったほうがいい』といっただけで、『取りたい』とはいってませんから」

「もっとだめじゃん」

ペコちゃんが即座に返した。

「やる気ゼロ以下だ」

男が欲しいといいながら、腋の処理もしないような女みたい。半回転してふとんにダイブし、突っ伏して笑う。

「あーら、どういう意味かしら？」

あずりんがペコちゃんに芝居がかった声で訊いた。

「心の用意をしてなさすぎって感じ？」

ぼうぼうの腋の下で長年Hしてきたひとには分からないかもしんないけどー。ペコちゃんがふとんからからだを起こす。

「腋の下を手入れしただけで、どうにかなるってもんじゃないでしょ」

どうして毛にこだわるのかしら、とあずりんが後頭部をひと差し指でカリカリと掻く。

ペコちゃんの描く女の子はいつも裸だ。なにひとつ身につけていない。

「けっこう、どうにかなるもんだよ？」

というペコちゃんを指差して、ミドリが割って入る。このひとはですね。

「なにか、ことを起こすには、下地が必要なんだと主張しているんですよ。下地は、腋の下問題で象徴されるように、まず、自分だけに分かる、小さいかもしれないけど、でも、なんらかのアクションで現れる、と」

で。ミドリはここでひと息入れた。視線を落とす。ぼんやりとした目つきで空のグラスを眺めた。胸元に手をやる。パジャマのいちばん上のボタンをはめていなかったことに気づいたらしく、片手ではめる。その手をワインのボトルに伸ばそうとして、止めた。盆に載った枝付き干しぶどうからひと粒ちぎって口に入れ、そんなに噛まずにごくんとのみ込み、で、ともう一度いった。

「そのアクションが、さらなるアクションを呼ぶ、と。アクションは連続するんじゃないかな、とペコちゃん先生はおっしゃりたいんじゃないんでしょうか」

久美子が訊ねた。

「下地ってなんなの？」

ミドリが答える。

「心の用意」

「用意ね」

「心の」

それならば、できていると久美子は思った。いや、できていた。気づかなかっただけだ。

夫は、結婚の相手である。行為の相手ではない。そして自分はもう子どもを欲しいと思わない。負け惜しみだと、そんなことは分かっている。子どものような、なにかだれかは欲しいからだ。つまりは我が子に向かうはずだった愛情を注ぎ込める存在なのだが、自分の持つ愛情のすべてをぶつけたいというわけではなかった。ふんわりと分配するかたちを久美子は望んでいるのだった。

犬か猫を飼いたいと思った時期もあった。ペットショップに足繁く通い、ころころとした短毛の子犬や、尻尾《しっぽ》の長い子猫を抱かせてもらったことがある。可愛い、と声を振り絞るくらい思った子は何匹かいたが、家に連れて帰るまでには至らなかった。自信がなかったのだ。自分の手のうちで生きるものと一緒に暮らすのは、想像しただけで億劫だった。体重を全部かけられ、それに応えるという関係は、たとえペットであったとしても、久美子には重たく感じる。

胸のうちがささやかに波打ったり、柔らかに昂揚《こうよう》したり、双方の負担にならない程度に必要とし合える間柄を築けるなにかかだれかがあればいいのにと、そのときも思った。でなければ、いまの生活が変わってしまうかもしれない。いや、生活ではなくて、自分自身だ。おっとりと微笑する心の余裕がなくなるほど、なにかかだれかと深く関わる事態を考えると、息苦しくなる。虫のいい考えなのは分かっている。だが、白状するとそうなるのだった。宝島で暮らすうちに、味をしめた。半身浴のような生活は、からだだけではなく心もぽかぽかと温まる。怠《だる》いような疲れがほんの少しはあるけれど、その疲れも含めて、この快感は手放せない。

あの子の力になりたいと思っている。できる範囲で面倒をみてみたい。あの子というのは、先月行った温泉ホテルの客室係の若い女のこと。二十歳のころの久美子と似ているあの子は、ひとりで子どもを産もうと決心している。

「もうっ、クーったら」

あずりんが隣のふとんで横座りする久美子に向き直る。

「資格の話をしているときは入って来ようとしなかったのに」

Hな話には食い付いてくるんだから。あずりんが久美子を肘で小突《こづ》く。

「有閑《ゆうかん》マダムなんだから、もう」

「けっこう古っ」

「でも、クーは、有閑マダムっぽい」

ペコちゃんがミドリと顔を見合わせて肩をすくめた。久美子も肩をすくめる。

「こうやってサロンもひらいてるしね」

ペコちゃんが浮き浮きした調子でいった。有閑マダム以上かもしれないよ？　こう付け加えたのには答えず、

「こうやって？　サロン？」

　と久美子は訊き返した。首をかしげて考える。予定でいえば今日から温泉ホテルに宿泊するはずだった。先月家に戻ってすぐに予約の電話を入れたのだった。だが、高校時代の仲よし四人で会うことが携帯メールのやりとりで決まり、やっぱりクーの家がいいよね、気兼ねがないし、落ち着くし、ということになった。日時を相談する段になって、今日の日付は久美子が提案したのだった。

　だから、温泉ホテルへの初日の宿泊はキャンセルした。あの子と会って、親しくなって、こちらが申し入れる心ばかりの援助を快く受けてもらえる間柄になりたいと思っていたのに。

　だが、それと同じく、高校時代の仲よし四人組でわいわいやるのも久美子には大事なのだった。かのじょたちは、久美子の宝島で過ごすのをとても気に入っている。雑多ともいえる友人たちが、それぞれの立場で気安くものをぽんぽんと言い合える場所を提供していると思ったら、快い。

「フランスの上流婦人が客間で催した社交的集会のこと」

　ミドリが「サロン」の説明をした。「上流婦人」のところで口を大きく動かした。くっきりと発音し、あずりんが平身低頭の身振りをする。そのすがたを目のはしでとらえてい

ながら、久美子は、

「そうかもしれないわね」

と呟いた。

「感じわるっ」

超やな感じ。ペコちゃんが喉を掻きむしってみせた。

「あんたがサロンなんて言い出すからじゃないの」

あずりんがペコちゃんを窘《たしな》める。ちがうよう、とペコちゃんが後ろ手をついた。からだを反転させながら寝転がり、肘枕をする。

「あたしがサロンっていったのは、クーがいたいけだったからだよ」

「クーのどこがいたいけなのよ？」

「痛々しくていじらしいじゃん」

クーは自分がすんごくイイと思ってんだよ。律義者《りちぎもの》の子だくさんみたいなあずりんや、ひとりで一生働いて生きていきますみたいなミドリや、いつまでたってもフラフラしてるあたしみたいなのを目新しくて愛すべき存在みたいな感じで観賞するのがちょっとしたブームなんだよ、クーのなかで。かわいそうじゃん、そういうの。

「どこが？」

と、あずりんが訊く。

「変わってしまった、と自分で思い込んでいるところじゃない？」

うっとりとため息をつくようにね。ミドリが即答する。少し考え、つづける。たとえば。

「尻取りでいえば、自分だけが『ん』をいわないところにいると思ってるような感じ？」

「どういうこと？」

あずりんがなおも訊く。

「『ん』をいったら終わりじゃん」

ペコちゃんが答える。

「あそびなんだから、仕切り直しなんか何度でもできるのに」

ミドリが補足する。

「あそびだから、いいたくないんだって」

ペコちゃんが真顔でいう。いったあと、短い鼻息を漏らした。

「いつまでも引き延ばすことができると思ってるのよ」

自分が終わらせるまではと、ミドリがいったが、このやり取りを久美子は聞いていなかった。サロンについて考えていた。それぞれの思惑を胸に秘め、客間に招待した客人たちを想像している。

「そういうもんかしらねえ」

あずりんの声が耳に入ってくる。むかしからそうだったっけ？　とつづき、そういえば、という声が近くで聞こえた。

うちのだんながいってたんだけど。ほら、なんとかくん。高校のときクーが相当入れ込んでいた、なんとかくんが、転勤で。

「春に、こっちに戻ってきたみたいよ」

おっとりとした微笑が久美子の頰に浮かんだ。夫と、すごく、すごく、好きだった男の子と、若い娘。結婚する相手と行為の相手と子どものような存在と一緒にお茶をのむ自分のすがたが胸のうちをすうっとすぎる。三人とも、自分の選んだひとたちだ。そんな状態が、わたしの、ほんとうの宝島だと思えてくる。なぜなら、そこに着くためだったら、どんな努力もできそうだからだ。目を上げた。高校時代の仲よしが笑い合っている。かのじょたちがあけすけに語り合える場所を提供していると思えば、快い。ぽかぽかと温まってくる。からだと心もだから、なにもかもだった。

解　説――エロおかしくてちくりと刺さる、女ゴコロを描いた六編

ライター・ブックカウンセラー　三《み》浦《うら》天《あ》紗《さ》子《こ》

書評などを書いている身としては、才能あふれる作家を人より早く発見したい、さらにはそれを広く知らしめて得意然としたいという下世話なエゴが常にちろちろ燃えている。よって、朝倉《あさくら》かすみのデビュー短編集『肝、焼ける』が刊行されるや否や、ある女性誌でインタビューしたのが密かな自慢である。この本のすばらしさは、じわじわ広がっていったけれど、自分がほとんど先陣を切ったという自負がある。

一読して、「これは！」と前のめり気味に紹介したのがおよそ七年前。以後、倍々のスピードで実力と知名度を上げている作家の存在をいち早く嗅《か》ぎつけた私の鼻は、現在までずっとピノキオのごとくぐんぐん伸びている。ほらみたことかと（もちろん、全国の目利き読者は私と同じ思いを抱えていると思われる）。

朝倉かすみは何がいいって、まず書き出しがいい。小説は書き出しで決まると言われる

が、名人級だ。たとえば、吉川英治文学新人賞受賞作『田村はまだか』の冒頭はこう。〈札幌である。ススキノである。一杯のみ屋やスタンドが重なるように軒をつらねる狭っ苦しい小路である。黄色いにおいがする。小水や嘔吐物の臭気がそこはかとなくただようこの道筋に奥まって、スナック・バーが一軒ある。〉と、ずんずん路地に入っていくように自然に、舞台となるスナック「チャオ！」に誘われる。

このたび文庫化された『玩具《おもちゃ》の言い分』も、ぐっと摑《つか》まれる出だしからいく。冒頭の短編「グラン・トゥーリズモ」の始まりは、〈こんな女になるとは思わなかった。そのあたりで相葉万佐子《あいばまさこ》は手を打とうとした。よい落としどころだった〉。読み始めた一行目から、何だ何だと興味を惹《ひ》かれ、そのまま手綱《たづな》を引き絞《しぼ》られて物語へ連れて行かれる。

他には何がいいって、朝倉かすみは目がよく、耳がよく、声がいい。作家という人種は、凡人ならつい見落としてしまう情景を目ざとく拾い、うっかり聞き逃してしまう密かな会話に耳を凝《こ》らし、それらを息を吞むような比喩《ひゆ》で言葉にできる存在であってほしいけれど、実際その難しい芸当を気負いなくやってのける作家的三種の神器の持ち主だ。

当然、登場人物の語りは名文句の宝庫。当意即妙な言い回しに乗っていけば、たちまち場面場面が目に浮かぶ。しかもそれはスクリーンに映し出されている映像レベルの臨場感ではない。自分が特殊能力を身につけて撮影現場に居合わせているかのような、さらには登場人物の心の奥の奥まで入り込んで覗《のぞ》いてしまったかのような現実味を帯びている。

そうしたよさは言われ尽くされているけれど、『玩具の言い分』は持ち前の魅力を踏まえながら、なお傑出して朝倉かすみ的な一冊だと言えるだけの訳がある。朝倉かすみは、〝恋やエロス〟と〝とぼけた笑い〟とを両立させて書ける稀有《けう》な書き手なのだが、本書には、そんなエロおかしい六編（正確にはうち一編はエロ怖い）が並んでいるからだ。

人がエロや官能を語るときは大抵、気取る。自分はそんなはしたないことはしませんよ、と澄ましているか、妙に観念的になるか。逆に、こんなこともあんなことも、と露悪《ろあく》的になったりもする。そうしたごまかしがすでにポーズなのだが、でないと照れ隠しができないからだ。だが、アダルトビデオなどを見てもわかるように、本当はエロって滑稽《こっけい》だ。なんだかかっこうのつかないことをして、なのにうっとりと酔って。けれどそれこそが生身の性ではないか。そんなエロとユーモアの融合を、朝倉かすみは逃げずに書く。独特のリズムを刻む語調は、官能的な音楽のように響いてくる。

「小包どろぼう」の主人公は、四十三歳でいまだ処女の宇津井茂美《うついしげみ》。古本屋で買った昭和三十一年の『主婦の友』をめくりながら、父に世話を頼まれた来客が来るまでの時間つぶしをしている。結局結婚しなかった伯母のきみちゃんと自分とを少し重ねて、夢想に走る。雑誌には気になる広告が載っている。〈ことに「ホルモン」という単語だ。／洗濯機やミシンや寝具や醬油《しょうゆ》の広告は早送りされるようにすぎていくのだが、「ホルモン」だけが茂美の目のなかに瞬時、留まる。その単語に行き当たるたび、ページを戻して、確認した〉。〈女性らしさを約束するホルモンが、時間を超えてやってくる。それがあれば絶対だ、という気がする。それさえあれば、手に入れられるものがきっとあるにちがいない〉。

「孑孑踊《ぼうふらおどり》」では、地方ではちょっと名の通ったエッセイストの川中《かわなか》ちさ子こと中川《なかがわ》さち子が、新聞社の支局に赴任《ふにん》中の年上男性といい仲になる。食事に誘われて男のマンションに寄った流れでことは始まる。〈鵜沢芳之《うざわよしゆき》の大きな手が、さち子のニットをたくし上げ、入れられる。ただちに這い上がってくる。さち子の乳首はとうにひと晩浸《つ》け置いたひよこ豆みたいにほとびていて、しかも熱くなっていた。いじられると、もっと熱くなる。ふうふうして、と幼女みたいにいいたくなる〉。

その他にも、〈タイツだのブルマだの、密着素材を掻《か》き分けて〉〈折角元気いっぱいだったのが、一瞬間だけ、意気消沈〉〈高みに昇りつめるまで手綱をしぼった〉などと書かれるとついニヤリと笑ってしまうわけだが、可笑《おか》しさがかえってエロティックななまなましさを伝えてくるというスゴ技を、朝倉かすみはこれでもかと繰り出す。

本書に登場する女性たちは、ほとんどが独身で、性だのロマンスだのを恍惚《こうこつ》と語るにはちょっとイタいアラフォー世代。仕事も結婚も出産ももぎ取るイマドキ女子のメインストリームからは外れているけれど、事と次第によっては一気に世間並みに巻き返せると考えている。完全に場外というわけではない分、あきらめと期待とコンプレックスとがせめぎ合い、よけいバランスが悪い。そんな女性たちが真っ正直に生真面目に〝我が性〟を語っていく愛おしさたるや！　中年と呼ばれる世代の性だって、自分がそんな年になったときだって、否、私のようにすでになっていたって、捨てたもんじゃないなと思えてくる。

そう、朝倉かすみの小説は閉じてない。物語のあちこちに読者に向けられている合わせ鏡が仕込んであって、否応なく自分の物語として考えさせられてしまう。合わせ鏡で見る自分は、往々にしてセルフイメージの自分よりアンバランスでカッコ悪い。そうやって見えた鏡像に不意を突かれてはっとする。自分って案外こうなのかも、と。

だから私は、朝倉かすみがほんの少し怖い。九十九パーセントにこやかで機嫌よく、書くものだって明るく突き抜けている作品が多いのだが、残りの一パーセントが茫漠《ぼうばく》としていて、その茫漠の平野がどこまでも広い。そして昏《くら》い。たった一パーセントの部分で世界を怜悧《れいり》冷徹《れいてつ》に見つめている気がして、底知れなさにひるむのだ。本書にはそんな〝らしさ〟がぎゅうぎゅうに押し込まれているから、本当にお値打ちの一冊だ。

実は私は、これが単行本として刊行されるときに、連載が掲載されていた雑誌でインタビューしている。そのときに、六編すべてに恋愛と官能を織り込む以外に、もうひとつ縛りを決めて書き始めたと教わった。その縛りとは何か。読む前でも後でも、もくじをずっと眺めていたらわかると思う。

ラブとエロを飾らずに書くだけでも難しいのに、そんな遊びまで仕込んでいたのかと空恐ろしくなる。だが同時に、そんな朝倉かすみをもっともっと多くの人に知ってほしいと、あらためて特筆大書したくなるのである（もちろん、全国の朝倉かすみファンは私と同じ思いを抱えていると思われる）。

引用文献
『シェイクスピア物語（上）』（チャールズ・ラム、メアリ・ラム著　厨川圭子訳　偕成社刊）
「主婦の友」昭和三十一年八月号（主婦の友社刊）
参考文献
『幸せなインコの育て方・暮らし方』（磯崎哲也著・大泉書店）
この作品『玩具の言い分』は平成二十一年五月、小社より四六判で刊行されたものです。

玩具の言い分

一〇〇字書評

切・り・取・り・線

購買動機（新聞、雑誌名を記入するか、あるいは○をつけてください）

□（　　　　　　　　　　　　　　　　）の広告を見て
□（　　　　　　　　　　　　　　　　）の書評を見て
□ 知人のすすめで　　　　　　　□ タイトルに惹かれて
□ カバーが良かったから　　　　□ 内容が面白そうだから
□ 好きな作家だから　　　　　　□ 好きな分野の本だから

・最近、最も感銘を受けた作品名をお書き下さい

・あなたのお好きな作家名をお書き下さい

・その他、ご要望がありましたらお書き下さい

住所	〒				
氏名		職業		年齢	
Eメール	※携帯には配信できません	新刊情報等のメール配信を 希望する・しない			

この本の感想を、編集部までお寄せいただけたらありがたく存じます。今後の企画の参考にさせていただきます。Eメールでも結構です。

いただいた「一〇〇字書評」は、新聞・雑誌等に紹介させていただくことがあります。その場合はお礼として特製図書カードを差し上げます。

前ページの原稿用紙に書評をお書きの上、切り取り、左記までお送り下さい。宛先の住所は不要です。

なお、ご記入いただいたお名前、ご住所等は、書評紹介の事前了解、謝礼のお届けのためだけに利用し、そのほかの目的のために利用することはありません。

〒一〇一-八七〇一
祥伝社文庫編集長　坂口芳和
電話　〇三（三二六五）二〇八〇
bunko@shodensha.co.jp

祥伝社ホームページの「ブックレビュー」からも、書き込めます。
http://www.shodensha.co.jp/bookreview/

祥伝社文庫

玩具《おもちゃ》の言《い》い分《ぶん》

平成24年7月30日　初版第1刷発行

著　者　朝倉《あさくら》かすみ

発行者　竹内和芳

発行所　祥伝社《しょうでんしゃ》
東京都千代田区神田神保町3-3
〒101-8701
電話　03（3265）2081（販売部）
電話　03（3265）2080（編集部）
電話　03（3265）3622（業務部）
http://www.shodensha.co.jp/

印刷所　錦明印刷
製本所　積信堂
カバーフォーマットデザイン　芥 陽子

Printed in Japan ©2012, Kasumi Asakura　ISBN978-4-396-33775-9 C0193

祥伝社文庫の好評既刊

伊坂幸太郎　**陽気なギャングが地球を回す**

史上最強の天才強盗四人組大奮戦！　映画化されたロマンチック・エンターテインメント原作。

伊坂幸太郎　**陽気なギャングの日常と襲撃**

天才強盗四人組が巻き込まれた四つの奇妙な事件。知的で小粋で贅沢な軽快サスペンス第二弾！

森見登美彦　**新釈　走れメロス**　他四篇

誰もが一度は読んでいる名篇を、大人気著者が全く新しく生まれかわらせた！　日本一愉快な短編集。

平　安寿子　**こっちへお入り**

三十三歳、ちょっと荒んだ独身ＯＬの江利は素人落語にハマってしまった。遅れてやってきた青春の落語成長物語。

藤谷　治　**マリッジ：インポッシブル**

二十九歳、働く女子が体当たりで婚活に挑む！　全ての独身女子に捧ぐ、痛快ウエディング・コメディ。

小路幸也　**うたうひと**

仲たがいしてしまったデュオ、母親に勘当されているドラマー、盲目のピアニスト……。温かい歌《ストーリー》が聴こえる傑作小説集。

祥伝社文庫の好評既刊

乃南アサ　幸せになりたい

「結婚しても愛してくれる?」その言葉にくるまれた「毒」があなたを苦しめる！　傑作心理サスペンス。

乃南アサ　来なけりゃいいのに

OL、保母、美容師…働く女たちには危険がいっぱい。日常に潜《ひそ》むサイコ・サスペンスの傑作！

江國香織ほか　LOVERS

江國香織・川上弘美・谷村志穂・安達千夏・島村洋子・下川香苗・倉本由布・横森理香・唯川恵

江國香織ほか　Friends

江國香織・谷村志穂・島村洋子・下川香苗・前川麻子　安達千夏・倉本由布・横森理香・唯川恵

本多孝好ほか　I LOVE YOU

伊坂幸太郎・石田衣良・市川拓司・中田永一・中村航・本多孝好

石田衣良、本多孝好ほか　LOVE or LIKE

この「好き」はどっち?　石田衣良・中田永一・中村航・本多孝好・真伏修三・山本幸久…恋愛アンソロジー